통영 콘텐츠 희곡작품집

통영
콘텐츠
희곡작품집

통영연극 예술축제
10주년기념
2

평민사

2
통영 콘텐츠
희곡작품집

차 례

발간사

통영연극예술축제 집행위원장 : 장창석

2018 통영연극예술축제가 10주년을 맞았다. 10년의 긴 세월 추억과 기억이 파노라마처럼 떠오른다. 10년의 수많은 흔적 속에 지역 문화콘텐츠 개발의 족적[足跡]은 통영연극예술축제가 낳은 열정의 소산이다. '통영연극예술축제'는 통영의 자연과 역사, 문화예술의 보물창고에 쌓인 보물만 지키는 창고지기를 넘어 보물의 원석을 꺼내어 부수고 다듬는 세공하는 장인정신으로 보석같이 찬란하고 영롱한 통영스토리를 만들고 노력해왔다. 그리하여 단순히 소비하는 일회성 관광객(Tourist)에서 각박한 현실을 떠나 삶의 의미를 찾는 여행가(Traveler)들의 안식처가 되어 장기간 머물기도 하고 영원히 정착하는 세계적인 문화예술의 도시, 그것이 우리가 꿈꾸는 통영이다.

이러한 통영을 소재로 공연된 작품을 시공간예술의 기억을 기록하고자 희곡집을 발간하며 소개한다.

2015년, 백하룡 작 「통영! 나비의 꿈」 작품은 통영이 낳은 세계적인 작곡가 윤이상 선생이 고향을 그리워하면서도 끝내 돌아오지 못한 애환과 통영의 여인을 사랑한 백석 시인의 이야기를 엮은 옴니버스[omnibus]형식이다.

2015년, 이선희 작 「성웅, 이순신」 작품은 섬마을 주민 이씨는 이순신으로, 마을 이장은 원균으로 설정하여 현재도 이순신 닮은 영웅이 존재하고 과거의 악인들도 동시에 현대에 살고 있다는 서사극이다.

2016년, 모도 공동창작 「술래야 놀자(이방인의 노래)」 작품은 일제강점기 이주 어촌 오카야마(통영 도남동 강산 촌)를 배경으로 일본인 소년과 조선인 소녀의 이야기를 그린다.

2017년, 장영석, 김선율 작 「물도랑 사랑(덩이)」 작품은 통영 산양읍 야소골 과부와 문둥이, 물도랑에 얽힌 전설과 임진란 전후에 칼과 창 무기를 만들었던 야장들의 이야기다.

2017년, 전혜윤 작 「통제영의 바람」 작품은 학교 선생님과 학생들이 통제영(세병관)을 방문하여 3가지 보물을 찾아 나서는 과정에서 이순신 장군의 삶과 고뇌를 알고, 현대적 시각에서 재조명한다.

이제, 지역문화콘텐츠는 우리들만의 화두가 아니다. 지역을 기반으로 하는 콘텐츠들은 지역의 특색을 통해 자신만의 경쟁력을 갖추고 있다. 지역 자산의 자원들의 명맥은 다른 곳에서 찾아 볼 수 없는 스토리로 승화되었고 친숙함이 가득한 캐릭터는 지역의 색깔을 고스란히 입었다.

널리 보편화 된 수도권에 비해 차별화된 뿌리에서 출발하는 지역콘텐츠들은 이제 한국의 다채로운 희망이 되고 있다. 그간 지역 문화콘텐츠 개발에 함께해 주신 작가님들에게 존경과 감사를 드린다.

통영!(統營) 나비의 꿈

— 작/백하룡, 연출/장창석 —

공연기간 : 2015년 4. 3(금) 19:30
공연장소 : 3.15아트센터 소극장
단체명 : 극단 벅수골
출연진 : 작곡가 役_박승규 / 시인 役_정상협 / 천희 役_장유빈 / 란 役_정희경 /
아재 役_이상철 / 주모 役_김지아 / 포주 役_유용문 / 요원1 役_이규성 /
요원2 役_김준성 / 기자 役_이미지
제작진 : 대표, 연출_장창석 / 작가_백하룡 / 기획, 음향디자인_제상아 /
홍보, 마케팅_장영석 / 무대감독_허동진 / 무대디자인_배철효 / 무대크루_하경철 /
조명디자인_이금철 / 조명오퍼_김영환 / 음향오퍼_김동진 / 분장_김채희 /
의상_이지희 / 소품_양 현 / 촬영, 기록_장천석 / 총진행_최운용

■ 등장인물

작곡가 : 윤이상
시인 : 백석

천희千姬 : 유랑하는 어린 작부
란蘭 : 이화여전 재학 中의 통영 처녀

주모 : 늙은 여자
포주 : 젊은 남자
아재 : 안면이 흉하게 얽은 노인

요원1
요원2

기자
소년

그 외…

옛날엔 통제사(統制使)가 있었다는 낡은 항구의 처녀들에겐 옛날이
가지 않은 천희(千姬)라는 이름이 많다
미역오리같이 말라서 굴껍지처럼 말없이 사랑하다 죽는다는
이 천희의 하나를 나는 어느 오랜 객주집의 생선 가시가 있는 마루방에
서 만났다
저문 유월(六月)의 바닷가에선 조개도 울을 저녁 소라방등이 붉으레한
마당에 김 냄새 나는
비가 나렸다.

— 詩 : 백석의 '통영' 全文

프롤로그

항구, 멀리서 소년이 부르는 노래 소리가 들린다.

푸른 바닷가의 하이얀 하이얀 길이다
이 길이다
얼마 가서 감로 같은 물이 솟은 마을 하이얀 회담 벽에
옛적본의 쟁반시계를 걸어놓은 집
홀어미와 사는 물개 같은 외딸의 혼삿말이 아지랑이같이 낀 곳은
(백석의 詩, 남향)

시인이 들어온다.

11

말끔한 양복차림의 도회적인 안경을 쓴 젊은 청년이다.

항구를 둘러본다.

끼룩이며 갈매기 난다.

환하다.

1.

기자   이제 납치 사건에 대해 말씀해 주십시오. 기억하기 고통스럽겠지만.

시인, 추억에 잠겨 있다 천천히 깨어난다.

작곡가   1967년 잘츠부르크에서 돌아오자마자 한 통의 전활 받았습니다. 정겨운 고향 말씨였지요.

전화벨 소리. 잠시 망설이다가 전화를 받는다.
과거의 재현과 돌입.

작곡가   Hallo. (독일식 억양)

공중전화 부스, 요원1.

요원1   윤이상 선생님?

사이.

작곡가   생면 부지였습니다. 다짜고짜 만나자고 합디다. 당시 저는 두 번째 오페라 〈나비의 미망인〉 준비에 정신이 없을 때였습니다. 하지만 자석에 이끌리듯 나갈 수밖에 없었습니다. 동포였으니까요. 전 고국이, 고국 사람이 항상 그리웠습니다.

요원1, 들어온다.

요원1   다짜고짜 마이 놀라셨지예?

웨이터, 커피를 가져온다.
잠시.

요원1   드십시오. 베를린까지 오긴 왔는데 아는 사람이 있나…

작곡가   괜찮아요. 전공이 독문학이라고…

요원1   실은 독문학은 한 방 사는 친구고… 죄송합니다, 저는 광붑니다.

작곡가   광부? 광부가 베를린엔 어떻게…

요원1   폐, 폐가 안 좋아서, 험험…

작곡가   그래서 병원에.

요원1   뭐 그렇게 됐십니다. 어쨌든 선생님은 유명한 작곡가시라는데 저
        같은 걸 만나주기나 할까 싶어가.

작곡가   그럴 리 있습니까. 모두 외로운 처지에…

요원1   (말을 자르며 본격적인 사투리) 그렇지예? 선생님도 그리 생각하지
        예? 아, 글마가 민폐라 카민서 만나지 마라 을매나 뭐라캐싸던지
        내는 나오민서도 걱정이 되가…

작곡가   혹시 고향이?

요원1   (큰절을 한다)

작곡가   왜, 왜 이러시오.

요원1   (작곡가의 두 손을 꼭 잡는다) 바로 보셨습니다… 지 통영 아입니꺼,
        경남 통영.

작곡가   통영이라구요…

요원1   예. 선생님과 동향, 통영. (테이블 밑에 놔뒀던 박스를 들어 내민다)

작곡가   이게 뭡니까.

요원1	뭐긴 뭡니꺼. 통영 메루치 아입니까.
작곡가	(받는다. 감격한다) 이게 정말 통영 멸치요? 내 고향 바다 통영의…
요원1	예, 하모요, 그렇고말고요. 그라고 이제 고마 말 놓으시소, 선생님. 지가 어리도 한참 어리고… 몇 마리 축 났을 낍니더. 마 선생님처럼 이리 유명한 분을 뵐 줄 알았으모 손도 안 대는긴데.
작곡가	… 바다내음이 가득하구마… 밤하늘의 맑은 별 또 어부들의 뱃노래가.

멀리, 바닷가 어부들의 노랫소리.
요원1, 어둠 속으로 사라진다.

작곡가	전 울 것만 같았습니다. 내 고향의 정경이 잡힐 것처럼 떠올랐으니까요… 아침이면 아이를 들쳐 업은 아낙이 대구국을 끓여 토방으로 오르는 정경이며, 그래 내 고향 대구는 정말 맛있었지… 또 어시장 길엔 간밤 가득 잡아온 물고기로 사방은 온통 은빛 가루… 그 흥청거림과 풍성함과 또 그러면 객지에서 흘러드는 장사치와 나그네와…

왁자한 지껄임, 사람들이 들어와 어시장의 모습을 만든다.

#1. 나비의 꿈

통영, 1935年.
바다와 어시장이 언덕 위 객주.

아재	개야개야 백설개야 문풍지만 달싹해도 짖는 개야.

한밤중에 야밤중에 우리 님이 오시거든…
(통영의 민요 '개타령' 中에서)

주모, 말린 미역을 이고 들어온다.

주모   아즉 댓바람부터 술추렴에 노래요? 쯧쯧, 허구헌 날…

아재   짖지 마라 짖지 마 멍멍멍 짖지 마라.

주모   아, 거 시끄럽다캐도.

주모, 미역을 들마루에 내려놓고 주방을 오가며 아침 준비를 한다.

아재   노래가 듣기 싫은 기가, 술이 아까분 기가?

주모   둘 다지 뭐라.

아재   흥, 낼로 삯도 없이 머슴 사는데?

주모   누가 살아달라 캔 적 없구마.

아재   야박시럽네. 통영 인정이 언지부터 이리 가물었실꼬.

주모   머슴이마 머슴다운 게 있이야지.

아재   내가? 술 받아오고 나무 해 오고…

주모   그것도 안하고 밥 언어 처 잡술라 캤소.

아재   참말 아즉부터 와 그래? 달거리 하는 것도 아닐끼고.

주모   (국자로 어깨 죽지를 한 대 내려친다)

아재   아니모 아닌기지 꼭 때릴 필요까지 있나!

주모   미역이나 물에 좀 불리시소.

아재   (우물가로 가며) 누 생일이라?

주모   (대꾸 없이 하던 일을 한다)

아재   아(아기) 푼 사람이 없으이 산국도 아닐끼고… (생굴 물기를 탈탈 터는 모양을 보고) 보자, 굴까지 탱글탱글한 걸 넣어가 끓일 심산으로

선 보통 정성이 아닌데.

주모 뭐시 저리 궁금한 기 많을꼬? 시키마 시키는대로 쫌 하지, 거.

방문이 열리고 사내가 모습을 드러낸다.

주모 일어나셨능교? 마이 시끄럽지예.

시인 (웃으며) 아닙니다.

아재 누꼬? 니 고새 샛서방 들났나?

주모 닥치소! 쪼매만 기다리소. 퍼뜩 아즉 대령할 낑께.

시인 산책 좀 다녀오겠습니다. (퇴장)

아재 하따, 능력 좋데이… 어데서 저런 희멀거니하니 시퍼렇게 젊은
      놈을.

주모 고마, 확! (국자로 때릴 듯)

아재 아, 아이다.

주모 손님 아니요! 어제 밤늦게 들었구마.

아재 메루치 철도 아닌데 손님이라?

주모 그라이 귀한기지.

아재 행색이 장사치는 아닌가분데…

주모 참말 궁금한 거 많소. 아, 이래저래 유람차 왔는갑지.

아재 시절 좋네. 누구는 먹을 끼 없으가 두만강 건너 야반도주 다반사
      라 카더구마. 풍류아 하나 낫네.

주모 시절 좋기로야 벅수골 아재가 질이지 뭘.

아재 내 풍류는 풍류 축에도 못 끼는 기라.

뱃고동 소리, 갈매기 소리…

기자   그래서 아무 의심 없이 아파트를 따라갔단 말입니까.

작곡가   (천천히 끄덕이며) 고향 사람이라고 했으니까요.

요원1, 2 작곡가를 맞이한다.

요원2   앉으십시오. 집이 누추해서…

요원1   마, 내가 모시고 오민서도 부끄러바가.

작곡가   아닙니다, 아니에요. 객지에서 공부하고 일하는 사람들 사는 게 다 그렇지.

요원2   고맙습니다. 차는 커피로 하시겠습니까?

작곡가   뭐 전 아무거나 괜찮아요.

요원1   말 놔도 됩니더, 선생님. 제 친구 아입니까.

요원1, 커피를 타러 간다.

요원2   그래요 선생님 말씀 놓으십시오.

작곡가   초면에 그럴 수 있겠소. 한 번 더 보게 되면 그때 놓겠습니다.

요원2   아유, 선생님도… 아무튼 다시 한 번 영광입니다. 정말 믿기지가 않습니다, 선생님처럼 명성 있는 분이 저희 집을. 솔직히 코리아 라고 하면 누가 압니까. 게다가 콧대 높기로 유명한 게르만 놈들 사이에서 선생님의 이런 성과. 선생님은 정말 조국의 영광입니다.

요원1   선생님이야말로 진정한 애국자인기라.

작곡가   저는 아직 배울게 더 많은 학생일 따름이에요.

요원2	겸손도… 보십시오, '디 벨트' 지예요. 하인츠 요아힘이 쓴 겁니다. 오늘 밤의 가장 강력한 작품은 윤이상의 '낙양'이었다. 디 벨트가 보통 신문입니까. 하인츠 요아힘이 보통이냐고요.
작곡가	허허, 참… 그래 괴테를 전공한다고…
요원2	예?
요원1	내가 자랑 좀 했구마. 석사논문 거의 되가는 갑더라고요. 맞제?
요원2	예, 뭐 겨우겨우 쓰고 있는 중입니다.
작곡가	전 문학은 잘 모르지만… 베토벤 덕에 괴테는 조금 관심 있습니다.
요원2	아, 예 그러시군요.
작곡가	궁금한 게 있는데… 정말로 괴테의 문학이 베토벤의 음악에 영향을 끼쳤습니까.
요원1	아, 선생님!
작곡가	(의아하게 쳐다본다)
요원1	솔직히 말하모 저 친구 괴테는 구색이고요 진짜 전공은 어딨더라… (책장으로 간다) 여있네.
요원2	이 친구 왜 이래? 안 갖다 놔!
요원1	와 화를 내노? 니가 맨날 보는 책은 이기잖아. 나야 까막눈이라지만 선생님한테 못 보여줄 끼 세상에 뭐 있노. 이깁니다.
작곡가	캐피탈… 자본론?
요원2	휴… 예, 그렇게 됐습니다.
작곡가	독문학 전공한다지 않았소?
요원2	어쩌다 보니 그렇게 됐습니다. 뭐 자본론 정도야 선생님도 읽어보셨을 테고.
작곡가	(테이블에 책을 올려놓는다) 전 음악 공부하기에도 바쁩니다.
요원1	(책을 가져와 이리저리 살펴보며) 막써? 작가 이름치곤 별론데
요원2	어쨌든 선생님만큼은 충분히 이해해 주시리란 걸 알고 있습니다.

사이.

작곡가	왜 그렇게 생각하지요?
요원2	북한에 다녀 오셨으니까요.
작곡가	(싸늘해진다)
요원2	하하, 너무 놀라지 마십시오. 동베를린에 친구들이 있습니다.
작곡가	그렇군요.
요원2	같은 조국 아닙니까. 사실 안에만 있어 남한이니 북한이니 하지만 이렇게 외국에 나와 보면 다 같은 한민족 동포 아니겠습니까.
요원1	일마 뭐락카노? 빨갱이캉 우리캉은 엄연히 종자가 틀린기라.
요원2	우리 민족은 하나다!
요원1	같은 거 하던지. 낼로 탄이나 캐는 광분데 뭘 알겠노.
요원2	그래 가보시니까 어떻습니까. 환대해주시던가요? 남한보다 낫지요. 먹고 사는 것도, 인민의 자유도 그렇고… 김일성 장군이 군바리 박정희보다 백배 낫지요?
작곡가	난 다만 고구려 벽화를 보러 갔을 뿐이오.
요원2	하하 선생님 긴장 푸세요. 전 선생님과 동지예요. 캐피탈, 자본론, 맑스, 조국, 동지!
요원1	배운 사람은 다 이런기가 어째 으스스한 말만 하노. 선생님 신경 쓰지 마시소.
요원2	선생님 공산주의자시죠?
작곡가	왜 그런 생각을 하십니까.
요원2	다 압니다, 선생님. 전 솔직히 전 공산주의자입니다.
작곡가	미안하지만 난 그냥 음악가요. 그만 가봐야겠소. (일어선다)
요원1	니는 선생님한테 씰데없는 얘길 해가… 선생님, 가지 마시소. 이 자 이런 말 말고 술이나 한잔 하면서 도란도란 살던 고향…
요원2	윤이상 선생님!

작곡가 (돌아본다)

요원2 선생님에게 조국은 뭡니까?

작곡가 …

요원2 (일어선다) 남한입니까 북한입니까. 지금 제가 묻지 않습니까.

작곡가 당신들의 정체가 뭐요. 기관원이오?

요원2 다시 묻습니다. 선생님에게 조국은 뭡니까.

작곡가 내게 조국은… 흙이오.

요원2 잘 됐군. 지금 당장 고향의 흙냄새를 맡게 해주지.

작곡가 …

요원2 조국 말이요. 밤마다 그리워 베갯닢을 적셨다는 그 고향 말이요. 북한이 아니라 남한 말이요. 알겠소, 윤이상 선생. 체포해!

요원1 선생은 바로 지금 서울로 갈 것이오. (사투리를 쓰지 않는다)

요원2 당신은 조국에 매우 중대한 적대 행위를 했기 때문이오.

작곡가 나는 내 조국에 대해 적대 행위를 한 적이 없소.

요원2 당신은 동베를린에서 공산주의자와 연락을 취하였고 일천구백육십삼년 북한에 입국했기 때문이오. 당신은 북한에 포섭되어 간첩단을 조직하고 간첩활동을 했기 때문이오. 당신은 더러운 변절자요. 이 빨갱이 새끼야!

요원2, 작곡가의 복부를 가격한다.
요원1, 마취 수건으로 기절시킨다.

요원1 포르말린 냄새가 가시고 나면 그리던 고향의 흙냄새가 당신을 맞이할 것이오.

파도소리 —

험상궂은 얼굴의 사내를 따라
얼굴이 파리한 한 여자가 보따리를 품에 안고 길을 간다.

#2. 나비의 꿈

객주집의 들마루.
시인은 배를 대고 누워 책을 읽고 있고, 아재는 한 귀퉁이에 앉아 고
추장에 멸치를 찍어 먹으며 막걸리를 마신다.

아재   … 우예 막걸리가 이 모냥으로 후텁텁하노. 목이 좀 칼칼하니 씨
        언한 맛이 있이야지. 보자, 양조장 최가놈 또 장난친 거 아이라?
        (사이) 거는 책이 그래 재미있나?

시인   …

아재   재밌는 갑구마. 소리 내서 읽으모 내도 듣고 좋을낀데. (사이) 와
        이리 덥노. 소나기라도 한소끔 하지. 여 오기 전에 선생질 했었다
        카는 소리가 있던데…

시인   (몸을 일으켜 툇마루에 걸터앉으며) 하하, 선생질은 아니구요 선생 했
        습니다.

아재   으허허허, 그래그래 내가 배운 기 없으가 안이카나. 맘 상한 거는
        아니겠제?

시인   그럼요.

아재   성이 뭐라?

시인   수원 백가입니다.

아재   아, 백가. 이름은?

시인   석입니다, 외자.

아재   백석이라. 그란데 거 선생질, 아니 선생님까지 할 정도모 마이 배

운 사람일낀데 이런 촌에는 무슨 일이라?

시인　(멀리를 바라보며) 바다 보러 왔습니다.

아재　바다 뭐 있나. 사날 봤이모 물릴 만도 하겠구마.

시인　봐도봐도 물리지가 않아서요. 등 푸른 생선 같고, 감청빛의 수의
　　　(囚衣) 같고, 자다가도 일어나 또 가고 싶고…

아재　말품이 영낙 시인이네. 허긴 시인이 여기랑 궁합이 맞아. 통영하
　　　마 춤과 노래 아이라, 통영 오광대, 별신굿. 그라이 시인도 궁합이
　　　맞제.

시인　(웃는다)

아재　그래 고향은 어데라?

시인　고향은… 없습니다.

아재　고향이 없어? 고향 없는 사람이 시상천지에 어디 있노.

시인　나라도 없는데 고향이 어디 있겠습니까.

아재　딴은 그렇기도 하제. (코를 킁킁거리며) 맡아봐라. 냄새.

시인　무슨 냄새요?

아재　비린내, 돈냄새. 이제 곧 메루치 철이 시작되능기라.

시인　멸치철요?

아재　지금이사 이리 한적하지만서도 메루치 철은 영 딴판이구마. 뱃놈
　　　에 장사치에 삼남 논다니, 어중이떠중이 잡놈에 흥청망청 제대로
　　　거든.

시인　…

아재　이 비린내가 내 발목을 쥐여 오도가도 못 하는 처지로 만든기고.

주모　(등장하며) 명출이 왔구마.

포주와 천희 등장.

포주　아재는 허구한 날 술이구마. 작작 좀 처 묵지.

아재	저눔으 시키 딴 건 몰라도 장유유서만큼은 확실히 찜 쪄 먹은 건 알겠다.
포주	뱃가죽 보고도 이카네. (막걸리를 따라 마신다)
아재	이눔아 그건 내 술…
포주	니 술 내 술이 어딨노. 아지매, 야 방은 어데고?
주모	저 방으로 가라마.
포주	뭐하노.
천희	(쭈볏거리며 방으로 들어간다)
아재	내 코는 귀신인기라. (시인에게) 내 그랬제? 어째 비릿하다고.
시인	(미소 한번 짓고 일어선다)
주모	어데 가니꺼 또?
시인	바다나 한 바퀴 둘러보고 오려구요. (퇴장)
포주	누구라요?
아재	손님이지 누구라.
포주	말씨가 여 인간은 아닌데.
아재	당연하지. 너 같은 놈 하고는 수준이 틀린 분이니께.
포주	씨펄 사람이 다 같지 수준은.
아재	몇 살이라?
포주	누구요? 자요? 나이 알아 뭐합니꺼. 내도 모립니다.
아재	니 밥 벌어다 줄 사람인데 나이도 몰라! 고향은?
포주	사 오기는 함양 안의에서 사왔는데… 아재는 그기 중요하요?
아재	그럼 안 중요해? 사람 근본이라는 카는기 다 그기서 나오는데.
포주	몸 파는 가시내가 근본은 뭐할라꼬.
아재	세상일이란 게 뭐가 우예될지 모르능기라. 밥 잘 먹다가 갑자기 팍 꼬꾸라져 죽을 수도 있는 기고, 아가 파리한 기 병도 있어 보이는데.
포주	뭐락카노. 사날 걸었더이 피곤해 카는기지!

아재	어허, 이 놈 발끈하네.
주모	(주방에서 나오며) 피곤한 사람 이리 괴롭힌다.
아재	내가 괴롭히긴 뭘 괴롭혀. (일어서며) 흥, 저 인간은 내 편만 빼곤 다 들어.
주모	저녁 다 되가는 구마 어데 갈라고?
아재	내도 산책 좀 갈라칸다 왜.
주모	팔자 좋네. 양조장 들러 술이나 좀 받아오소.
아재	일없구마. (퇴장)
주모	밥도 없는 줄 아소!

작곡가　나는 베를린에서 빈을 경유해서 서울로 오게 됐어요.
기자　그리고 본격적인 고문이 시작됐군요.

쇠문 여닫는 소리.
요원1, 구둣발로 작곡가를 구타한다.

요원1　일어나.
작곡가　(몸을 움직이지 못한다)
요원1　일어나 이 새끼야! (다시 구둣발로 찬다)
작곡가　(고통스러워한다)
요원2　괜찮겠어?
요원1　안 죽어.
요원2　(차트를 보며) 심장병이 있다는데.
요원1　야, 이 새끼야 너 환자야? 심장병 있어?
작곡가　(고개를 끄덕인다)
요원1　진짜 환자가 어떤 건지 보여줘야겠군.

요원1, 무자비한 폭력을 행사한다.

요원1　이 새끼야 아직도 너 환자야?
작곡가　…
요원1　환자냐고.
작곡가　나는 인간이오.

요원1   하, 이 자식 귀엽네. 아직 여기가 독일인 줄 아나. 여기 서빙고야, 서빙고.

작곡가   나를 인간답게 대우해 주시오. 나는 인간이오.

요원1   인간이 뭔지 제대로 보여주지.

요원1, 무자비한 폭행.

요원1   이 새끼야 인간이 뭔지 알아. 인간은 고통 받는 존재라고. 알겠어, 개새끼야.

요원, 무자비한 폭행 후에 사라진다.
기자, 손수건을 건네준다.

작곡가   나는 이유도 모른 채 고문부터 당했소. 그들의 고문은 무자비했고 가혹했어요. 육신의 고통이 주는 크기가 실로 엄청났소. 드디어 나는 더 이상 참을 수 없을 지경까지 다다랐어요. 나는 정말 죽을 것만 같았소. 아니 죽고 싶었소. 하지만 이상하지. 그 순간 아련하게 멀리서 파도소리가 들려왔어요. 그것은 분명 어린 시절 고향의 바다였소. 그리고 그것은 점점 선명해졌어요. 그 꿈은 아름답고 또 너무 서러웠고… 또 누군가의 꿈같기도 하고 또 내 꿈같기도 하고… 어쨌든 나는 꼭 한 마리 나비가 된 마냥 그곳으로… 붉은 동백이 지는 그곳으로…

똑똑…
붉은 동백이 진다.
시인 그리고 나비처럼 흰 저고리를 입은 '란'이 나온다.

#3. 나비의 꿈

시인　당신이 떠난 이유를 난 아직도 알 수가 없소.

란　(그저 바다를 향해 서서)

시인　그저 가뭇없이 사라졌지. 꼭 나비처럼.

란　(그저 바다를 향해 묵묵히)

시인　난 당신이 떠난 이유를 묻고 있소.

란　(여전히 말없이)

란　어쩌자고 이 먼 곳까지 오셨습니까.

시인　그게 무슨 말이오.

란　(걷는다)

시인　(따라가며) 난 당신 때문에 노심초사…

란　거처는 마련하셨어요.

시인　저기 언덕 위 객주집이요.

란　불편하진 않고요.

시인　내게 그런 건 중요하지 않아요! 그래요, 훌륭한 곳이오.

란　제가 통영에 있다는 걸 어떻게 아셨어요.

시인　당신 사촌 오라버니에게 물어봤지.

란　그래서 말해주던가요.

시인　그럼. 내 가장 친한 친구니까.

란　(얕은 한숨) 그래요. 선생님의 가장 친한 친구죠. (걸음을 멈춘다) 오라버닌 잘 지내신데요? 약혼식은요.

시인　그날 약혼식 이후로 나도 보지 못했소.

란　약혼한 걸 후회하는 눈치는 아니고요.

시인　후회 할 일이 뭐가 있겠소.

란　그렇죠. 그렇겠죠.

시인　뜬금없이 그건 왜요?

란	아뇨. 아니에요. (다시 걷는다)
시인	(따라 걸으며) 난 당신과 결혼하겠소. 당신 어머니에게 말해.
란	어머닌 가난한 사람을 싫어하죠. 아뇨, 증오하죠.
시인	…
란	미안해요. 당신을 실망시킬 뜻으로 한 말은 아니에요. 어쨌든 내려오자마자 맞선부터 보게 했죠. 마산에서 해운업을 크게 하는 집안이었어요.

사이.

시인, 란의 손을 붙잡으며.

시인	경성으로 갑시다.
란	…
시인	경성이 싫다면 일본도 좋고 만주도 좋고.
란	어머니는요. 저하나 믿고 살아온 분이에요.
시인	그래서 생면부지의 남자와 결혼할 거요? 당신은 배운 여자 아니오.
란	배운 여자는 뭐가 다르죠?
시인	그럼 그저 부모의 결정에 따라 약혼하고, 결혼하고, 아일 낳고 죽은 듯 남편이나 떠받들고.
란	선생님처럼 하는 게 옳은가요.
시인	내가 이혼한 건 내 아낼 위해서였소. 지금의 당신처럼 강요당한 결혼이었으니까. 참고 사는 게 도리어 그 여자한테 상처를 주는 거였다고.
란	잘 모르겠네요, 전.
시인	사랑 없는 결혼은 지옥이오.
란	선생님은 사랑 예찬론자군요. 전 사랑을 믿지 않아요.

시인   당신은 사랑에 빠져 있어. 난 알 수 있지.

란   (천천히 시인이 잡은 손을 빼낸다) 미안해요.

시인   나는 알아. 당신은 사랑 없이 결혼할 여자가 아니란 걸. 기다리겠소. 당신이 허락할 때까지. 난 이곳을 떠나지 않겠소.

란, 나비처럼 떠나간다.

요원1, 작곡가에게 물을 퍼 붓는다.

요원1 일어나!

작곡가 물을 퍼부어 정신을 돌아오게 하곤 또다시 고문의 연속이었소. 독한 고통에 나는 금세 다시 혼절을 하곤 했지요. 그리고 그 속엔 언제나 꿈이 있었어요. 비록 토막토막 부서지는 짧은 꿈이었지만.

작곡가 고문을 받다 기절한다.
시끄러운 개구리 소리.

#4. 나비의 꿈

아재 목청이 우예 저리 크겠어, 쥐방울만한 놈들이. 안 그렇나?

주모 개구락지사 정겹기라도 하지, 아재 넋두리가 을매나 정신 사나분지 아시오.

아재 엄한 사람 잡네.

주모 왼 종일 쫑알쫑알.

아재 다 외로바서 카능기라. 마누라가 있나 자석새끼가 있나.

주모 그러게 허랑맹탕하게 인생을 사시랬소.

아재 팔자를 우야노. 어떤 놈은 소금기가 배여가 쪼매 짠하기도 하고 또 어떤 놈은 맹물처럼 밍숭맹숭하기도 하고… (얽은 자리를 만지며) 이것만 안 얽었시도 내도 쪼금 짠해졌을낀데.

주모	얽은 사람들도 연분 쉬이 맺고 잘만 삽디다.
아재	좀 설렁설렁 넘어가도 좋겠구마, 틈만 나마 잡아먹어 볼끼라고.

시인, 들어온다.

주모	저녁 드시야지예?
시인	생각 없습니다.
주모	어려워 할 것 없으예.
시인	아닙니다. 한잔 했거든요.
주모	참말 괜찮겠으예.
시인	괜찮고 말고요.
주모	요새 무슨 안 좋은 일이 있습니꺼.
시인	저 같은 게 안 좋은 일이 뭐가 있겠습니까. (방안으로)
주모	부쩍 와 저칼꼬?
아재	니가 알면 용췌.
주모	아재는 안다는 소리요?
아재	내가 모르능기 어데 있노.
주모	능력도 좋네. 그래 와요.
아재	상사병 아이가, 상사병.
주모	상사병?
아재	왜 명정골에 돌아가신 박초시 딸내미.
주모	고 얼굴 하얀 처자? 그 딸아는 경성에서 학교 안 다니요?
아재	머리끄뎅이 잡아끌고 내려왔다카더구마. 놀래기는? 연애질이나 해쌓고 돌아댕기니 안 그카나. 학교고 뭐시고 할 것 없이 시집 보내뿔끼라고 카더라.
주모	누구랑, 저 총각캉?
아재	그랬으모 저치가 술이나 처 묵고 괴로워 하겠나. 마산에 있는 큰

　　　　　선주집 아들내미라 카던가 뭐라던가.
주모　　저 총각도 허우대는 멀쩡한데.
아재　　저게는 허우대만 멀쩡하지 돈도 없고 속 빈 강정이라. 뭐 이래저
　　　　　래 말 못할 사정이 있는 것도 같고.

　　　　　손님, 천희 방에서 바지춤을 고이며 나온다.

손님　　흠흠. (목례를 하고 퇴장)
아재　　뱃놈들도 모다 외로분기라.

　　　　　천희, 대야를 들고 나와 우물가로 간다.

아재　　포구나 한 번 댕기올까. (퇴장)
주모　　몸은 좀 괘안나?
천희　　야.
주모　　쯧쯧, 맨날 괘안타 괘안타 캐싸도 내 다 알지. 몸 간수 잘해라. 아
　　　　　프마 누가 챙기주겠노.
천희　　송구시럽네여, 아파 보이서.
주모　　송구스러울 거는 없고… (대야를 보고) 뭐가 이리 뻘겋노. 달거리
　　　　　하나?
천희　　이상하게 하혈이 쪼매 있네여.
주모　　쯧쯧, 미역이라도 한 단 사 와야겠구마.
천희　　아이라예. 괜찮습니다.
주모　　바다 좋은 기 다 뭐고… 여게는 집집마다 썼다. (퇴장)

　　　　　천희, 대야 물을 버리고 깨끗이 씻는다.
　　　　　다시 물을 담아 놓고 대야 속을 잠시 내려다본다. 얼굴을 씻는다.

다시 물을 버리고, 대야에 물을 담아 일어서 들어가려 한다.
방문이 왈칵 열리고 시인이 나온다.
맨발로 뛰어 나와 뒤란에 토한다.

사이.

천희 괘, 괘안습니꺼?

시인 괜찮네.

천희 야. (들어가려 한다)

시인 (다시 토한다)

천희 (다시 엉거주춤) 차, 참말로 괘안아여?

시인 (손짓을 하며 괜찮다고, 하지만 다시 헛구역질)

천희 (이러지도 저러지도 못하다가 대야를 든 채 시인에게 다가간다. 대야를
       내려놓고 고개는 사내를 외면한 채 등을 두드려 준다)

시인 고맙네. (들마루로 가 앉아 한숨을 크게 내쉰다)

천희 (다시 대야를 들고 방 안으로 들어가려다 조심스럽게, 들마루의 대각 편
       에 서서) 인, 인자는 참말로 괜찮겠지여?

시인 (웃는다. 사투리를 따라한다) 그래 인자는 참말로 괘안타.

천희 (부끄럽다) 야… 그럼.

시인 참, 이름이 뭐던가. 한집에 살며 통성명도 못했네.

천희 지 이름은 천희구만여.

시인 천희라…

천희 그라고 고향은 따로 없구여. …산청이기도 하고 합천이기도 하고
       또 함양이기도 하고… 내 정신 좀 봐, 묻지도 않았는데.

시인 그래, 그렇구나.

천희 그란데 선생님 저…

시인 그런데.

천희	시인이라 카던데… 참말이라여?
시인	글쎄. (말없이 웃는다)
천희	야. 그럼. (일어선다. 방으로 가려한다) 참, 선생님…
시인	(바라본다)
천희	아까 더러바서 그런 건 아니라여.
시인	뭐가?
천희	그러니까 선생님 토할 때 (흉내 내며) 제가 등 두드리면서 고개 요렇게 한 거는 그게 더러바서가 아니고 그냥 쫌 쑥쓰러바서…

포주, 손님을 데리고 들어온다.

포주	(시인과 천희를 번갈아 보며) 뭐하노?
천희	아, 아이라여. (방 안으로 들어간다)
포주	들어가시소.
손님	(방 안으로 들어간다)
포주	(들마루에 앉는다. 사이) 으험험!

주모 들어온다.

포주	어데 갔다 오노, 오밤중에?
주모	미역 사러 안 갔더나.
포주	저기 술상 하나 넣어주소.
주모	좀 쉬어가며 해도 된다.
포주	우짜겠노, 메루치가 사시장철 오는 것도 아이고.
시인	(일어선다)
포주	으흐흠!

5.

런닝 차림의 요원, 기절해 있는 작곡가.

요원1   휴, 언제까지 이 지랄을 해야 되냐고. 애들 보고 싶어 죽겠구만.
요원2   몇 학년이랬지?
요원1   국민학교 4학년. 주말에 중국집 데려 가기로 했는데.
요원2   우리 마누란 쌀 떨어졌다고 연락 왔더라.
요원1   씨발, 이 짓도 못해먹지…

요원, 작곡가에게 물을 끼얹는다.

요원1   일어나! (일으켜 의자에 앉힌다)
요원2   (종이와 볼펜을 작곡가 앞으로 밀어놓는다)
작곡가   (바라본다)
요원1   쓰라고 이 새끼야.
작곡가   무엇에 대해 쓴단 말이오.
요원2   선생의 죄에 대해 쓰시오.
요원1   니가 저지른 범죄에 대해서 쓰란 말이야, 이 새끼야.
작곡가   (잠시 망설이다 쓴다. 내민다)
요원2   다시! (다시 종이를 내민다)
작곡가   (다시 쓴다. 내민다)
요원2   (읽는다) 거짓말. 다시!
작곡가   내가 쓴 것은 진실이오.
요원1   이 새끼야 진실은 우리가 알아.

작곡가 …

요원1 진실은 이런 거야. 넌 북조선의 거물 간첩이지. 공산주의자라고,
당원이고. 넌 독일에서 간첩 조직을 결성하고 우리 정부를 무너뜨
리려 했단 말이야. 넌 그 조직의 수괴고.

작곡가 거짓이오. 나는 음악가고 작곡가일 따름이오.

요원1 이 빨갱이 새끼 아직 정신 못 차리고.

무지비하게 구타한다.

기자 (안타까워서) 전 상상도 안 됩니다. 그 지독한 고문을 어떻게 그걸
감당하셨습니까.

작곡가 그래요, 고통은 절대 익숙해지지 않더군요. 늘 지독히 고통스러웠
고 체력이 다하면 혼절했지요. 전 기절하는 순간이 조금이라도 오
래 지속되길 바랬습니다. 하지만 금세 또 양동이의 물이 절 깨웠
습니다. 문득 〈나비의 미망인〉의 장자가 노자에게 하는 대사가 떠
올랐지요. 하랄트 쿤츠가 각본을 쓰고 있었는데 "나는 멋진 꿈을
자주 꾸는데 그 꿈속에서 나비가 되어 가볍고 자유롭게 날아다녀
아주 행복한데 그럴 때면 언제나 아내가 나를 깨워버립니다."

쓰러져있는 작곡가를 요원들이 발로 툭툭 찬다.

요원2 윤선생님, 식사 하십시오.

작곡가 …

요원2 미역국입니다. 드십시오.

작곡가 …

요원2 선생님 주제넘지만 한 말씀 드려도 되겠습니까.

작곡가 …

요원2	선생님 인간이 대단하다고 생각하시죠? 그런데 그렇지 않아요. 인간 별거 없어요. 먹지 않으면 죽고 말죠.
작곡가	…
요원2	예전 선생님의 고향 제자라는 분이 특별히 사식을 넣어온 겁니다. 미역과 굴 모두 고향 통영에서 캔 거랍니다. 통영요, 통영.
작곡가	(식판을 바라본다)
요원2	저희도 압니다. 선생님의 조국이 어디겠습니까. 고향이 있는 대한민국 아니겠습니까. 그럼요, 선생님의 결백 역시 저희가 누구보다 잘 알고 있습니다.
작곡가	…
요원2	(종이를 내민다) 싸인만 하시면 됩니다.
작곡가	이게 무엇이오?
요원2	그냥 종이입니다. 몇 자 적어 놓긴 했지만 별 것 없습니다.
작곡가	(읽는다) 나는 북한에 봉사하는 공산주의자다.
요원2	선생님처럼 유명한 예술가가 고통 받는다는 게 저희도 몹시 가슴 아픕니다. 더 이상 고통 받지 마십시오. 이름 석 자만 적으시고 다시 독일로 돌아가 열심히 예술 하시면 되지 않겠습니까.
작곡가	…
요원2	순순히 인정하시면 무기징역까진 가능합니다. 괜히 버티시면 사형을 피할 수 없어요. (서류봉투를 내민다)
작곡가	…
요원2	〈나비의 미망인〉 선생님께서 작곡하시다 이번 사건으로 중단됐던 대본입니다. 예술 하기에 감옥만한 곳도 없지 않겠어요. 편의는 봐 드릴 테니까 걱정 마시고.
작곡가	나는 닭장 속에 닭이 아니오.
요원2	말귀 참 못 알아듣네. 일단 사는 방도를 모색하고 기획 봐 독일에 망명하면 되잖소.

작곡가	이보시오 선생. 내가 다른 건 잘 모르니 음악만 놓고 이야기 하겠소. 서양의 모든 음악사나 어느 저명한 작곡가도 다 그들의 조국에 예술의 뿌리가 있소. 나의 예술, 나의 음악이 모두 나의 조국에 있는데 그것을 부정하고 내가 무슨 예술을 한단 말이오. 나는 내 조국과 내 고향을 지극히 사랑하는 사람이오.
요원2	이거 안되겠구만.
요원1	다시 시작해?
요원2	독방이 낫겠어. 며칠 처박아 놓으면 저도 정신 차리겠지.

#5. 나비의 꿈

시인	아주머니!
천희	(봉숭아 꽃물을 들이다 놀라) 깜짝이야.
시인	다들 어디 갔나 보네?
천희	장터에 유랑극단 왔거든여.
시인	그래서 자네만 버려두고 구경 간 거?
천희	지는 괜찮아여.
시인	나랑 가자. 가서 너도 구경하자.
천희	아니라여, (사이) 넘들이 선생님 숭 봐여.
시인	누가 흉을 봐. 가도 된다.
천희	(시인의 팔을 뿌리친다) 진짜 괜안씸니더.
시인	(털썩 들마루에 앉으며) 술이나 한잔 갖다 주려나.
천희	지금도 마이 드신 것 같은데예.
시인	아직 멀었구나.
천희	참말 괜찮겠어여?
시인	그럼. 그렇고말고.

천희, 술상을 차려온다.

시인   그만 들어가도 된다.
천희   야? 야… (들어가려 하다가) 참, 억수로 미인이라 카던데.
시인   (쳐다본다)
천희   그 여자 말이라여… 선생님이 좋아하신다는 그 분.
시인   어지간히 아름답지.
천희   착하기도 하고?
시인   심성도 곱고…
천희   사랑도 하고여?

사이.

시인   자네 생각엔 어떨 것 같은가.
천희   지는 모르지여. 당사자가 아니니까여.
시인   사랑하는 모든 당사자는 서로의 사랑을 알 수 있을까.
천희   (잠시 멍하다 웃으며) 꼭 시인처럼 말하시네여.
시인   … 시가 뭔데?
천희   (사이) 음, 이건 순전히 지 생각인데여, 그러니까 시는 빠알간 동백
        같고 파아란 초승달 같고 노오란 나비 같고…
시인   아니, 시는 꼭 너 같구나.
천희   지 같은 게 시라니, 말도 안 돼.
시인   (빤히 쳐다본다)
천희   (부끄럽다) 와, 와 그라십니까. 뭐 묻었어여. 지는 선생님처럼 배운
        사람이 쳐다보면 그냥 부끄러바가.

시인, 천희를 와락 안는다.

왁자한 소리.
떨어진다.

포주	뭐하노?
천희	(방으로 들어간다)
주모	장터에 유랑극단 왔었는데 아쉽구로.
아재	쯧쯧, 구경도 그런 구경 다시 없지를.
시인	그랬습니까.
아재	명출아 니가 설명 좀 해주 바라, 끝내줬제.
포주	마, 귀경은 좋았지만서도 내는 오늘 장사 공쳤으이 기분은 별로 구마
아재	뭐락카노 일마. 좋아가 박수는 지가 다 쳐 놓고.
포주	어허 모함 하시네.
주모	내는 피곤해서 고마 드가요. (퇴장)
포주	오늘 하루 쉬는 거사 내도 찬성이지만 저치들이 다 내 적이나 마찬가지 아입니꺼. 말이 유랑극단이지 낮엔 약장사 밤엔 기집장사 안 그렇습니까
아재	사날 약 팔고 나모 더 팔라캐도 살 사람도 없을끼구마. 있어라캐도 더 안 있는다.
포주	아재는 다 좋은데 사람이 낙천적이라 탈인기라. 그거는 그기 아이고
아재	낙천적이마 좋지 뭘. 됐다, 나도 간다. (퇴장)
포주	아재요. 아재요. 아 씨 내참. 어이, 선생.
시인	…
포주	어이 선생님?
시인	나 말이오?
포주	또 누 있습니꺼.

시인   말씀하시죠.

포주   거 뭐 예술한다 카데요. 뭐락카더라 시닙인지 시 나부랑탱인지 쓴
          다카던데, 맞아요?

시인   뭐 기분 상하게 한 거라도?

포주   우리는 사는 기 꼭 죽겠는데 팔자 좋아 보이가 부러바서 안카요.

시인   …

포주   예술가랍시고 기집 꽁무니나 쫓아 댕기는 거사 내 말할 거는 없
          고 단지 내가 싫은 거는 그 눈빛이라. 다 이해한다는 듯, 알겠다
          는 듯.

시인   그렇군요.

포주   봐, 봐. 내가 이런 기 싫다고. 씨발, 시비를 걸면 맞받아치던 화를
          내던 해야지, 그렇군요? 와 이 새끼 진짜 싫네.

시인   …

포주   이젠 말도 섞기 싫다? (멱살을 잡는다) 죽어 볼끼라.

천희   와, 와 이라십니꺼. 그만해여.

포주   너 이 자석 편드는 거라?

천희   편 드는 게 아니고 와 엄한 사람한테 시비입니꺼. 고만 하시소.

포주   우리가 웃음 팔고, 몸 팔고 너그가 보기에는 우째 보일란지 모르
          지만서도 그래도 우리는 꼴리면 꼴리는 대로 정직하다꼬. 동정하
          지 마, 개자식아. 씨발롬 재수 없이. (퇴장)

천희   맘에 두지 마여. 괜히 그카는 거라여.

요원1   독방 오더니 아주 늘어졌구만. 일어나.

작곡가   (바라본다)

요원2   불편한 점은 없습니까.

작곡가   …

요원1   말해 이 새끼야.

요원2   어허, 이 사람 윽박지르긴… (방 안을 둘러보며) 좀 좁지요? 신경 쓴다고 쓴 게 이렇습니다.

작곡가   …

요원2   그래 몸은 좀.

작곡가   용건을 말하시오.

요원1   하하, 선생님도 저희가 뭘 바란다고. 불편하신 건 없나, 방은 좁지 않나…

작곡가   용건을 말하시오.

요원2   당신은 조국을 사랑한다고 했소.

작곡가   누구보다 나는 내 조국을 사랑하오.

요원2   그 애국심을 이제 표현해 줄 때가 됐소.

작곡가   …

요원2   밖에 슈피겔지 기자가 와 있어요. 세계가 주목하고 있습니다. 이제 선생의 그 뜨거운 애국심으로 우리의 정당성을 입증해 줘야 할 때입니다. 당신은 납치된 적이 없다. 당신이 고문을 받은 적은 더더욱 없다. 당신은 조국의 실정법을 위반한 명백한 죄인이다

작곡가   그걸 지금 나보고 하란 말씀이오.

요원2   그렇소.

작곡가 나는 지금 나와 같은 억울한 누명으로 무려 백오십 명의 사람들이
세계 각지에서 끌려와 나와 같은 처지에 있다는 걸 알고 있어요.

요원2 그래서요.

작곡가 당신 뜻에 따른 나의 한 마디가 그들에게 구원 없는 절망을 줄 것
이오.

요원2 선생의 그 뜨겁다던 애국심은 거짓이오. 조국을 세계만방에 파렴
치하게 만들 작정이오.

작곡가 나는 내 조국을 사랑한다고 했지 당신네 정권을 사랑한다곤 하지
않았소. 나는 우리 국민을 사랑한다고 했지 국민 위에 군림하며
국민을 폭압하는 권력자를 사랑한다고 하지 않았소. 국민을 위해
존재해야 할 정부가 도리어 조국을 사랑하는 국민에게 누명을 씌
우고 폭압하며 오로지 정권유지만을.

요원1 (달려와, 발로 작곡가의 가슴팍을 찬다) 이 빨갱이 새끼!

사이.

요원2 선생의 아내가 지금 어디 있을 것 같소?

작곡가 무슨 소리요.

요원2 서울이요. 여기 이 형무소.

작곡가 (놀라 몸을 천천히 일으켜 세운다)

요원2 잘 선택하시오.

요원들 사라진다.

기자 결국 그들의 의도대로 움직일 수밖에 없었군요.

작곡가 나는 아무 말도 할 수가 없었소. 아니 그들이 시키는 대로 말할 수
밖에 없었소. 아내의 목숨을 담보로 내가 대체 어떻게 할 수 있었

겠소. 하지만 쇠약해진 육신에 그 모멸감은 나를 견딜 수 없게 했소. 나는 자살을 결심했소. 벽에 머리를 한 번, 또 한 번…

쿵쿵쿵 머리를 찧는 소리.
호각소리, 발자국 소리.
멀리 노래.

백년 세월은 한 마리 나비의 꿈 같도다
과거사를 돌아보니 모두가 덧없는 것을
오늘 봄이 오면 내일 꽃이 지나니
〈오페라, 나비의 미망인 中〉

#6. 나비의 꿈

아재	날씨가 덥덥무려하니 양반의 자손들이 연당 못에 줄넘생이 새끼 모이듯이, 손골목 개새끼 모이듯이, 논두름에 무자수 새끼 모이듯.
주모	능력도 좋지. 맨날 술은 어데서 그렇게 얻어 자시고 들어오시오.
아재	약혼식이 걸쭉하게 끝났으이 안 카나.
주모	약혼식?
아재	명정골 박초시 딸아 약혼식 성사 안됐더나. 있는 집으로 간다꼬 대단하다.
주모	우짜노, 저치는.
아재	뭘 우째? 헛물 고마 들이키고 정신 차리야제.
주모	야박스럽구로 말을 해도 저래 한다.
아재	다 인연이 없어 카는 긴데 뭘. 애시당초 안 될 팔자인기라.
주모	무슨 사고나 안칠까 걱정이구마.

아재	명출이 오나.
포주	(들어오며) 그 눔에 가스나 안에 있습니까.
아재	와, 또 무슨 도분이 나서 성질이라.
포주	내 이눔으 가스나를.

방문이 깨지며 튕겨져 나오는 천희.

주모	죄 없는 아를 와 때리.
포주	이 더러운 가스나야. 니가 날 말아 묵을끼라고 작정을 했던기제.
주모	와 사람을 때리냐고.
포주	아지매는 가만 있소. 니가 그 더러운 병을 가지고서도 모른 척.
주모	무슨 소리고?
포주	이눔으 가스나 땜에 병 옮았다고 포구로 소문이 쫘아하니더.
주모	우야든동 때리지 말고 말로 해라.
포주	말로 하게 생겼습니까? 지금 이 가스나 때문에 을매를 손해 보게 생겼는데.
주모	뭘 멀뚱멀뚱 쳐다만 보고 있소.
아재	명출아, 야야 진정하고… (말린다)
포주	너 이눔아 가스나야, 니 병 걸릿다카마 이제 이짓도 못 해 먹으이 잘 살아 보라 카민서 보내줄 줄 알았제. 웃기지 마라. 어데 섬에다 확 팔아 넘겨삘기라.

아재, 포주를 잡아끌어 퇴장.

주모	참말이가?
천희	지는 잘 모르겠어여. 저번 참에 외항선 탄다카던가 뭐라카던 사람 받고부터 쪼매 이상하긴 이상했는데.

주모	가렵고 헐고, 열도 있고? 그기 언지인데.
천희	달 보름 정도 되가는데여.
주모	에고, 몸 팔아 먹고 사는 기 우짤끼라. 쯧쯧…
천희	큰 병이라여?
주모	그게 병이 평생 갖고 살아야 되는 것도 있고, 어떤 거는 목숨까지 탐내는 것도 있다. 넘들한테 옮기기도 쉽고, 잘 고쳐지지도 않는 기라…
천희	넘한테 옮긴다꼬여? 지만 아프고 마는 기 아니라…
주모	걱정만 한다꼬 대수겠나. 내 약방이라도 다녀 올 거구마.

주모, 총총 걸음으로 퇴장.
시인, 등장.

시인	무슨 생각이 그리 깊은가.
천희	(멀찍이 떨어지며) 새, 생각은 지가 무슨 생각이 있겠어여. 아니라여.
시인	왜 무슨 고민인데.
천희	가까이 오지 마시소.
시인	울고 있었던가.
천희	티눈이 들어가가… (하늘을 올려다보며) 별도 참 아금박게도 박혀 있네.
시인	아닌 척 잘 견뎌내더니 대체 무슨 일일까?
천희	이상한 날이네여. 오늘도 술 자시고 오실 줄 알았더이.
시인	온정신으로도 하루쯤 버텨야 안 되겠나. 나한텐 오늘이 그 날이네.

사이.

천희	선생님은 저를 어떻게 생각해여.
시인	어떻게 생각하다니.
천희	선생님도 지가 불결하겠지요.
시인	…
천희	저는 저를 깨끗하다고도 생각지 않았지만여 더럽다고도 생각지 않았어여. 아무리 창녀라고 업신여겨도… 그란데 이젠.
시인	그런데
천희	아뇨. 아니라여. 그냥여.
시인	…
천희	그냥 오늘은 뭐가 뭔지는 모르겠지만서도 그냥 서글프네여. 결혼할 생각도, 감히 누군가와 사랑하리란 꿈조차 없었는데…
시인	(여자가 측은해져 가만히 어깨를 감싸 안는다)
란	(헛기침)

시인 돌아본다.
반갑게 뛰어간다.

7.

창가로 달빛이 새어 든다.

천천히 창가로 다가가는 작곡가.

작곡가 … 꿈이었으면, 한 마리 나비의 꿈이었으면. 피보다 붉은 동백, 서러운 고향의 바다, 한 마리 나비의 꿈이었으면.

기자 선생님이 꾸시는 나비의 꿈은 뭐지요

작곡가 글쎄요. 저도 잘 모릅니다.

기자 …

작곡가 … 어쨌든 첫 번째 자살은 실패했지요. 참, 아까 옥중에서 작곡한 '나비의 미망인'에 대해 물었나요. 그건 장자의 여행에 관한 이야기입니다. 장자가 나비가 되는 것, 나비의 꿈을 꾸는 것을 방해하는 것 즉 집, 직업, 가족에게서 벗어나고자 하는 장자의 이야기입니다. 모든 속박으로부터 부자유로부터 벗어나려는 장자의 방랑, 물론 아내가 울고불고 매달리며 따라오지요…

#7. 나비의 꿈

란 이제 어떻게 하면 될까요.

시인 무얼 말이요.

란 이 결혼을 취소하려면…

시인 당신…!

란 많이 생각했어요. 그리고 결론 내렸죠. 이건 아니라고.

시인	정말이오.
란	(끄덕인다)
시인	고맙소.
란	이 결혼을 취소해야 해요. 제 사촌 오라버니가 절 도울 수 있을 거예요. 제 사촌 오라버니는 이 약혼을 알고 있나요? 어머닌 연락하지 않았데요.
시인	당신 어머니가 연락하지 않았다면 그 친군 모르고 있을 텐데.
란	불러 줘요. 어머닐 설득하실 사람은 오빠밖에 없어요.
시인	내 그러리다. 당장 내려오라 전보를 치겠소.
란	고마워요.
시인	무슨 소리요. (손을 잡으며) 난 당신을 미치도록 사랑하는데.
란	…

　　　　사이.

란	그런데 왜 한 번도 묻지 않죠?
시인	뭘 말이오?
란	당신이 날 사랑한다고만 했지 내가 당신을 사랑하는진 한 번도 묻지 않았잖아요.
시인	무슨 말이오…
란	그래요. 아뇨. 아니에요.

　　　　란, 시인에게 얕은 입맞춤을 한다.

　　　　사이.

| 란 | … 미안해요. |

8.

윤이상의 첼로 협주곡 〈문턱에서〉

작곡가   … 독방에서 저는 무서운 꿈에 시달렸지요. 정신은 쇠약해질 대로 쇠약해졌고, 저는 지독한 우울증까지 닥쳤습니다. 또 다시 죽음의 예감이 엄습했고 이번에는 정말 죽을 것만 같았습니다. 정말 죽을 것만 같았습니다. 몹시 무섭고 상상하기조차 두려운 꿈이 절 엄습했습니다. 우울함과 슬픔은 파도처럼 밀물처럼 넘쳐흘렀고 내부에서 거친 폭풍이 몰아쳤습니다.

태풍이 오는 소리.

#8. 나비의 꿈

주모   난리도 이런 난리. 어허, 다 날라 가네.

포주   (방에서 천희를 데리고 나오며) 에이, 재수 없는 놈은 뒤로 자빠져도 코 깨진다카더이 하필 오늘 바람이 불고 지랄이고. 너 여게 있어 라.

주모   어데 가노?

포주   배 알아 보러 안 갑니꺼.

주모   미쳤나, 이런 날씨에 무슨 배라?

포주   어차피 여게서는 장사 쫑 쳤고.

주모   장사고 나발이고 태풍 지나가고 가라 마.

주모	저것도 하여튼 똥고집이라.

아재, 들어온다.

아재	야야 난리났다.
주모	나도 안다. 지금 다 날라가게 안 생깄나.
아재	그거는 약과라. 마실이 발칵 뒤집혔다.
주모	와, 배라도 전복 됐소?
아재	그거는 난리 축에도 못 낀다. 총각은 어디 있노.
주모	아즉 참에 나갔는가 보던데, 와요?
아재	그 아 찾아야 한다. 진짜 목매달고 죽을뿔지 몰라.
주모	요점만 말해라. 뭔 소린지도 모를 변죽만 자꾸 울리쌓노.
아재	야반도주 했다 카더라.
주모	야반도주? 누가 그 총각이?
아재	그 정도면 그건 경사 축에 낀다. 내 말하기도 흉측스러바서.
주모	어허 뭔데 그카노.
아재	그러니까 명정골 그 가스나가 날라뺐다. 그것도 지 사촌 오라배랑 눈이 맞아가.
주모	뭐라꼬예?
아재	마을 굿이라도 해야제. 바다도 노해서 안 저카나.
주모	진짜 그기 무슨 흉측한 소리라.
아재	총각부터 찾아봐야 안 되겠나. 야반도주한 사촌 오라베랑도 친한 친구라 카던데 필시 무슨 일 생기지.

9.

작곡가   깊은 정적 —

나는 혼자 감방에 있습니다. 나는 죽고 싶지 않다. 나는 살고 싶다.

살아서 일을 하고 싶다. 나는 내 안에 쓰고 싶은 음악이 아주 많다.

나는 죽음에 반항하지만 결국 굴복해 버렸다.

탄식하면서 그러나 죽음을 받아들입니다.

근처 절에서 들리는 목어 소리, 울림.

마치 무거운 물방울이 한 방울 또 한 방울 반향판 위로 떨어지듯

둔탁하면서

죄수가 걸어간다. 사형을 예감한 저 눈빛

이제 곧 내 차례가 올 것이다.

나는 죽음에 대한 불안은 없지만 끊임없이 나를 이해시켜야 한다.

반항과 굴복, 고통과 편안함이.

작곡가, 금속제 재떨이를 든다.

조금씩 어두워 온다.

천희   (목소리만) 안되여. 이 사람 죽으마 안됩니다. 지발 살려 주이소.

#9. 나비의 꿈

포주, 물에 흠뻑 젖어 기절한 시인을 업고 온다.

포주 시끄럽다, 문디 가스나야.

천희 살아는 있습니까. 죽지는 않겠지여.

포주 눈꼴시러바서, 숨 붙어 있다 안카나.

천희 이기 무슨 일이라여, 이기. 불쌍해서 어짜노. (수건으로 몸을 닦아
     주며)

포주 미친, 아주 열녀 났네. 일마 이거는 내하고 별로 친하지도 않은데,
     하필 내 눈 앞에서… 죽을라꼬 작심을 했으마 좀 먼데서 빠지 삐
     던지 에허, 재수 없을라카이.

천희 고맙습니데이, 이 사람 살려주시서 참말로.

포주 지랄하네. 행여 일마 일어났을 때 그딴 소리 했단 봐라. 내는 살리
     고 싶어서 살린 기 아이라 마지못해 살린 기라고.

천희 우야든동 살린 건 살린 거 아니겠습니까.

포주 이 눔으 가스나 말이 이리 안 통한다. 그란데 다 어데 갔어.

천희 다 이 사람 찾으러 안 갔습니까.

포주 봐라봐라 이래 사람을 차별한다. 내 당장 떠나든지 해야지.

     주모, 아재 등장.

주모 물에 몸을 던지?

아재 괜안나?

포주 죽는 거는 뭐 쉬운 줄 아나, 괜안타.

작곡가 ··· 다행인지 불행인지 이번에도 죽지 않았지요. 겨우 깨어났을 때 나는 마치 세상을 한 번 앓은 느낌이었습니다. 그곳은 교도소 내의 병실이었는데 통제에도 불구하고 나의 상황이 세상에 알려지기 시작했어요. 세계 언론과 동료 음악가들이 적극적으로 나의 구명을 위해 발 벗고 나섰지요. 그리고 결실이 있었습니다.

#10. 나비의 꿈

천희, 시인을 간호하고 있다.

포주 지극정성이 따로 없구마, 따로 없어.

천희 오, 오싰어여.

포주 니도 참 박복하겠데이. 그래 마음이 여리서 우짤끼라

천희 ···

포주 좀 어떻노?

천희 잠깐 정신 차릿다 다시 잠든 기라여. 열도 마이 내렸고여.

포주 씨발, 죽을 팔자도 못되는 기.

천희 고마바여.

포주 헛 참··· 마 됐다. (일어선다)

천희 어데 가십니까.

포주 갈 데 없을까봐? 내일 아즉에 델로 올거구마.

천희 ···

포주	그게는 외진 섬이라. 한 번 가마 어찌 될지 몰라… **(퇴장)**
시인	(가위에 눌린 듯 단말마 비명과 함께 벌떡 일어난다)
천희	괜찮아여?
시인	…
천희	혹시 지가 누군 줄은 알겠어여?
시인	물 좀 주려나.
천희	(물을 준다)
시인	(벌컥이며 마신다)
천희	찬찬히 드시소. 체할라.
시인	밤일세.
천희	새벽 다 됐고만여.
시인	자네가 고생이네.
천희	아니라여. 지가 선생님 좋아 하는 일 아닙니까.
시인	…
천희	약속 하나만 해주시소.
시인	…
천희	다시는 이라지 마소. 지 같은 것도 살라카는데 선생님 같은 분이 뭐 때문에
천희	우예 말을 안하십니까. 그카마 앞으로 또 이칼랍니까?
시인	…
천희	약속 하시소. 앞으로 다시는 이런 일 없기로.
시인	(천천히 끄덕인다)
천희	그래여. 미안하고 고마봐여.
시인	자네가 왜 미안한가, 자네가 왜 고맙고. 모두 내가 해야 할 말들 아닌가.
천희	아니여. 지 같은 기 선생님을 좋아하니까여 미안하고 고마분 맞능 기지여.

시인	어쩌자고 자네는 이렇게 순하게 태어나서…

조심스럽게 손을 뻗어 얼굴을 만진다.
안고 입맞춤한다.
치마를 벗기려 손을 넣는다.

천희	(밀쳐낸다) 안되여.
시인	(바라본다)
천희	그래여. 안되능거라여.
시인	난 자네를 안고 싶네.
천희	저는 더러워요. 제가 더러워요. 저한테는 더러운 병이 있다고여.
시인	…
천희	그래요. 평생 상처로 남을 거예요. 그러니 선생님도 이제 그만 이곳을 떠나시소. 이 아름다움에 발목 죙여 오도가도 못하지 말게, 그것으로 몸서리나게 아프지 말게, 이 슬픈 흔적에 눈물짓지 말게.
시인	(천천히 고개를 젓는다) 그 슬픈 병이 내게도 있어야겠네.

시인, 천희를 안는다.
어두워진다.

11.

요원1 앞으로 24시간 후, 선생은 추방될 것이오.

요원2 마지막으로 우리와 우리 정부에게 특별한 감정이 없길 바라오.

작곡가 …

요원2 우리 덕분에 세계적인 명성을 얻었으니 도리어 고마워해야 하는 지도 모르지, 안 그러오, 예술가 선생.

요원들 퇴장.

사이.

작곡가 … 그들은 떠났지만 나는 깊은 그리움과 지독한 상실감을 느껴야 했소. 추방이라니. 나는 여전히 내 유년의 고향 밤바다 갯바위에 홀로 앉아 그리워하며 또 쓸쓸해하고 있는데.

#. 나비의 미망인

항구, 떠나고 마중하는 사람들.
소년, 언덕 위에서 사람들을 바라보며 노래를 부른다.
첫 장면 노랫소리의 주인공.

주모 조심히 가거래이.

아재 인간 돼서 오마 더 좋고

포주	아재도 바랠 걸 바래소 마.
주모	니도 조심하고.
천희	야.

시인, 떠날 차림으로 들어온다.

시인	밤 널 두고 쓴 거다.
천희	지를여?
시인	가다 읽어 보거라.
천희	(끄덕인다)
포주	고마 빨리 안 오나.
천희	참말로 가여.

포주와 천희 떠난다. 주모와 아재 마중하다 사라진다.
소년의 '배따라기' 노래 맑고 청아하다.
시인, 문득 노래가 귀에 들어온다. 소년을 바라본다.

시인	노래를 잘 부르는구나. 이름이 뭐니.
소년	(그저 부끄러운 듯 웃는다)

시인, 떠나간다.
소년 바라본다.

소리	(멀리서 소리) 이상아, 이상아 —
소년	(뒤돌아보고 소리 난 방향으로 뛰어간다)
소리	(소리만) 너 또 방파제 나가 노래 부르고 있었지. 아버지 아시면 어쩌려고…

에필로그

기자　… 그렇게 떠나보내고 나서 괜찮았습니까.

작곡가　떠나보낸 자리마다 모두 아픈 병이었지요. 그리움의 병들, 그 슬픈 불치의 병들.

기자　어떻게 극복하셨습니까.

작곡가　불치의 병을 어떻게 극복하겠습니까. 그저 운명이려니 가슴에 품고 함께 살았지요.

기자　오늘 인터뷰 감사합니다. 작은 선물입니다. 백석의 시집입니다. 제가 가장 좋아하는 시가 이분의 '통영'이라는 시인데 문득 생각나 가지고 왔습니다.

작곡가　아, 고맙습니다.

기자　그럼. (퇴장한다)

작곡가　(시집을 몇 장 넘겨본다) 통영…

파도소리, 갈매기 소리
환상처럼 육지와 섬 사이, 바다 ―

천희　(시를 읽는다) 통영
옛날엔 통제사가 있었다는 낡은 항구의 처녀들에겐
옛날이 가지 않은 천희라는 이름이 많다
미역오리같이 말라서 굴껍지처럼 말없이 사랑하다 죽는다는
이 천희의 하나를 나는 어느 오랜 객주집의 생선 가시가 있는
마루방에서 만났다
저문 유월의 바닷가에선 조개도 울을 저녁 소라방등이 붉으레한

60

마당에 김냄새 나는 비가 나렸다

— 멀리 '이상아, 이상아—'라고 윤이상을 찾는 누이의 목소리가 들린다.
갈매기 난다.
— 2015 통영연극예술축제 폐막작

성웅 이순신 (부제 : 영웅의 조건)

※ 이 이야기에는, 과거 속 이순신이 등장하지 않는다.
그러나, 그는. 우리의 삶 속에서 불멸한다…

— 작/이선희, 연출/김제훈 —

공연기간 : 2015년 7.19(일) 15:00, 19:30
공연장소 : 통영시민문화회관 대극장
단체명 : 조은 컴퍼니
출연진 : 박현제 役_최정우 / 이씨(이순신) 役_양한슬 / 이장(원균) 役_주일석 /
중권(권율) 役_류호준 / 만우(안위) 役_엄광용 / 강배(배설) 役_배진범 /
길용(류성용) 役_박민우 / 요양사1(구루시마) 役_김동규 /
요양사2(명나라 진린) 役_엄광용 / 무녀(월향) 役_신혜옥
제작진 : 작가_이선희 / 연출_김제훈 / 조연출_이윤빈 / 무대_김현민 /
조명_백하림 / 의상_김미정 / 음악_남기오 / 안무_윤푸름 / 분장_김미숙 /
기획_장유진 / 진행_전소영

■ 등장인물

※ 괄호 안의 역사 속 인물은 참고사항이며, 성격 창조를 위해 가지고 온 것을 미리 밝힘.

박현제　(현재. 나) 서울에서 내려온 컬럼작가.

이씨　　(이순신) 50대 초반. 풍랑에서 아들을 잃고, 대신 마을 사람들을 구했으나 그 이후 정신이 오락가락한다는 이유로 요양원에 보내짐.

이장　　(원균) 이씨와 같은 섬에서 자랐다. 어릴 적에는 체격이 작고 약해 늘 이씨와 비교당하며 자격지심을 가진 채 살아왔다.

중권　　(권율) 과거 풍랑 당시, 용감하게 마을을 지켰으나 이장의 말만 믿고 이씨를 요양원에 보내는데 적극 동참한다.

만우　　(안위) 과거, 풍랑에서 겁이나 도망쳤으나 마음속으로 이씨에 대해 미안함을 가지고 있다.

강배　　(배설) 풍랑이 온다는 소식을 듣고 제일 먼저 뭍으로 도망친다.

길용　　(류성룡) 이씨의 죽은 아들과 죽마고우. 요양원의 이씨와 편지를 주고 받는 사이이다.

요양사1 (구루시마) 이씨를 찾는데 적극적이며, 요양원 내에서 폭력적 성향을 가진 것으로 유명하다.

요양사2 (명나라 진린) 그는 소임만 다하면 된다는 태도로 방관한다.

무녀　　월향.

Prologue. 해신굿

무대는 통영 인근의 한 섬.
공연 시작 전(관객 입장 시)부터 굿은 진행되길 바람.

■굿의 절차를 간략히 표기함.
1. 부정 : 굿의 시작 과정. 굿판을 정화하여 부정한 모든 것을 물리는 절
차. 가장 일반적인 형태는 불과 물을 상징적 도구로 사용하여 부정한 것
들을 쫓아내는 것이며 '부정친다'고 한다. 무당이 혼자 장구를 치며 노래
부르는 것이 보통이다.

2. 청배 : 성역으로 변한 굿판에 신들을 청탁해 들이는 절차. 방법은 다양
한데, 마을에서 영험하다 생각되는 것-신목(나무) 따위를 모셔오는 경우
가 있다. 무당이 춤을 추어 신을 부르기도 한다.

3. 고축과 신탁 : 신에게 인간들의 소원을 고하고 신의 축복을 기원하는
고축 절차를 노래, 춤, 축원의 말, 손 비빔 등의 방법으로 무당이 진행한
다. 곧, 무당에게 신이 들리고 무당 자신이 신격화하여 신의 말을 하는데,
이것을 '공수 준다' 또는 '공수 내린다'라고 한다. (이때, 강신을 위하여
무악의 박자에 따라 위아래로 뛰는 춤을 통해 흥분상태에 빠져 들어감으
로써, 영계와 교통하는 영력을 발휘하게 된다)
강신한 후에는, 청배 단계에 쓰였던 신목 등에 손을 대고 신의 대답을 듣
는다.

4. 오신 : 신과의 대화가 끝나고 신을 즐겁게 하기 위해 인간이 노력하는

절차. 모두 어울려 춤, 음악, 여흥을 즐기며 음식을 나누어 먹는다. 신 역할을 하는 무당과 굿판에 모인 사람들 사이에 연극, 놀이, 다툼, 화해, 웃음 등의 다양한 내용이 역할극처럼 진행된다.

5. 송신 : 신들을 돌려보내는 절차. 굿에서 사용했던 신과 관련되는 장식과 도구 일체를 태우고, 신들을 먹을 것과 함께 밖으로 배송한다. 해안지역에서는 특별히 만든 모형 배 안에 음식과 인형을 실어 바다에 띄워 보내는 것이 보통이다.

관객 입장시 1~3의 과정을 진행하도록 함.
관객 입장 후, 4의 과정에서 통영오광대를 인용하길 바람.

1. 해질녁. 그 섬

어느 틈엔가 객석에서 등장하여 이 모습을 멍하니 바라보는 박현제.
손수건을 꺼내어 땀을 훔친다. 전화벨 진동음. 받을까 말까 고민하다가 끊어버린다.
편집장과의 대화를 떠올린다. 담배를 꺼내어 불을 붙이려 한다.

〈소리〉

편집장 박작. 이게 그러니까…
박현제 편하게 말씀하시죠.

편집장 뭐랄까. 너무… 올드해.

박현제 올드하게 풀지 않을 자신이 있습니다.

편집장 언제적 이순신이야…

박현제 영웅에 대한 이야기를 쓰란 건 편집장님 의견이셨잖습니까.

편집장 그러니까, 왜 하필 이순신이냐고. 검색창에 이순신 쳐봐. 신격화하는 수백 권 책에, 영화에… 인터넷만 찾아도 관련 지식이 수백 개씩 뜬다구. 더 파서 나올 것도 없어. 단점이라곤 하나 없는 진부한 옛날 영웅… 요새 그런 걸 누가 보나. 모든 게 빨리 흘러가는 요즘 같은 세상에.

박현제 그겁니다. 사람들은 너무 빨리 잊죠. 찾고 있는 답은, 가까이 있는 경우가 많은데.

편집장 세상이 뒤숭숭해. 이런 때엔 환타지한 영웅담 같은 걸로 혼을 빼놓고 위안을 주고. 그런 게 우리가 할 수 있는 일이야. 사람 참 고지식하네.

박현제 그러니 더욱 고전이 필요하다는 겁니다. 어릴 적부터 이순신 전기를 너덜너덜할 정도로 읽었습니다. 그 분이 어떻게, 모든 걸 잃고도 세상을 구할 수 있었는지 궁금해서였습니다.

편집장 우리 애도 이순신 전기 정도는 읽어.

박현제 통영 인근에 이순신 섬이라고 불리는 곳이 있답니다. 일단 거기 가서…

편집장 나두 거기 들어 봤는데. 관광객 유치하려고 갖다 붙인 거지. 뻔하잖아. 가면 뭐! 죽은 이순신 장군이라도 만날 수 있나?

박현제 거기서… 답을 찾아오겠습니다. 진부하게 쓰지 않을 자신 있어요.

편집장   지금 밀린 원고가 산더민데… 거길 가겠다는 거야? 사
　　　　　람 참 꽉꽉 막혀서… (한숨)

편집장과의 대화소리가 멀리 사라진다.
바닷바람을 피해 이리저리 불을 붙여 보지만 붙지 않자 주머니에 도로
넣는다. 한숨.

박현제   바람 참 많이 부네… (한숨) 오긴 왔는데… 찾을 수 있을까… 그
　　　　　답…

장구, 북 소리가 거세어지며 청년 두 명(요양사 1,2 역할의 배우가 연
기한다)과 무녀의 인솔 하에 상여를 짊어지고 객석 쪽으로 향한다.
(5.송신)

이장   물길 따라 띄우라고~! 알았제!
청년들   염려 마이소!

모두, 그 모습을 바라보고 섰다.

이장   (멀리) 이번에도 무탈하게 도와주십시오!

무대 위의 사람들도, 저마다 빌고 손 흔들고 한다.
상여가 완전히 멀어진다.
남은 사람들, 굿판을 정리하기 시작한다.

만우   이장님. 불 붙입니까.
이장   (바다를 바라보며) 바람 많이 안 부나.

중권	뒤쪽에서 태우믄 안 되겠습니까.
이장	그래.

이장, 멀리 떨어져 바다를 바라본다.

강배	어데? 동굴 앞에?
중권	거가 바람이 안 들잖아.
강배	머를 거까지 가는데! 할 일이 태산이고마.
중권	여그, 어디 노는 놈 있나!
강배	하이고, 드러버라. 알았다. 알았다.

박현제, 다가간다.

박현제	저… 안녕하세요…

일동, 슬쩍 쳐다본다.

만우	누구 찾아왔습니까.
박현제	여기 민박할 만한 데가 있을까요…
중권	(다가오며) 무슨 일 땜에 그러십니까.
박현제	칼럼 쓰는 사람입니다. 오늘 하루 묵을 곳이 있을까해서…
만우	아~ 조사하러 왔는갑네요. 이순신 장군님?
박현제	아. 네…
만우	그라믄 진짜로 잘 찾아 왔네예. 이 동네, 작가들이랑 기자들이랑 억수로 마이 온다 아닙니까.
중권	이장님! 손님 오셨습니다.
이장	(돌아다본다)

만우	서울에서 왔습니까.
박현제	아. 네…
만우	바람이 이렇게 많이 부는데, 배가 떴는갑네.
중권	아까 못 들었어? 괜찮다잖어.
강배	풍랑에 장사 있나. 텔레비전만 틀믄 사방에서 겁주는 거 모르나.
중권	(강배를 흘끔 노려본다)
이장	(다가와서는) 손님이 오셨다고.
박현제	아… 안녕하십니까. (주머니에서 명함을 꺼내어 준다)
이장	(보곤) 작가님이시구만.
만우	민박 찾으시는데요. 길용이네믄 안되겠습니까.
이장	전에 계시든 손님은 나갔든가.
만우	사흘 전에 갔다카대요.
강배	풍랑이 온다 카는데, 뭍으로 나가는 기 정상이다.
중권	쫌! 고놈의 입방정 쫌!
이장	얼마나 계실라고.
박현제	하루이틀 있다 나갈 생각입니다. 풍랑이 올지 모른대서 먼저 들렀습니다.
만우	때 맞춰 잘 오신 깁니다. 오늘 굿판도 끝나가꼬. (웃으며) 이기, 마을 연례행사라가꼬 요매칠 정신 하나도 없었다 아입니까.
박현제	무슨 굿인지 여쭤봐도.
강배	에헤이~ 바다에 대고 절하는 거 보믄 딱 모릅니까.
중권	또또…
이장	해신님한테 빕깁니다. 풍랑에 무탈하게 해주십쇼… 하고.
박현제	아… 예.
강배	굿이 아니라, 굿 할아버지라도 해야지. 사람이 얼마나 휩쓸려 갔는가.
중권	거, 자꾸 재수 없는 말만 골라가꼬!…

70

만우	(화제 돌려) 우리 이장님이 이 인근에서 최고 바다박사니더. 해신님이 얼마나 변덕이 심한가… 아침저녁 물살이 다 다르다 아입니까. 그렇다캐도 우리 이장님이 마 턱턱 읽어내시니까 걱정이 없지요.
박현제	아. 예. 많이 좀 여쭙겠습니다.
만우	예전에, 사람을 얼마나 많이 구했는가 말도 몬하고요. 이 근방에서 현대판 이순신 하믄, 다 안다 아입니까. (웃음)
박현제	아… 제가 다행히, 잘 찾아온 모양입니다.
이장	(싫지 않은 듯) 거. 자꾸 쓸데없는 소리. 해 넘어가. 얼른 뒤에 가고 싹 태워서 보내드려야 안 되나.
만우	예. 충성! (웃음) 형님들, 빨리 가입시다.
강배	손님은?
이장	내가 길용이네 안내 할 테니까 걱정 말고.
중권	예… (강배에게) 가. 얼른 마무리하고 가게… 어망 다 못 들여놨어.
강배	하이고. 진작 좀 안하고.

무대 위에 있던 잡다한 짐들을 한가득씩 들고서, 아웅다웅하는 중권과 강배를 만우가 웃으며 데리고 나간다.

이장	(바다를 며) 그래도 손님이 오셔서 그런지… 오늘은 잔잔하네요.
박현제	사람이 휩쓸려 갔다는 게 무슨…
이장	아… 십 몇 년 전에 억수로 큰 풍랑이 왔었지요. 마을 사람 몇이 죽었심니다.
박현제	그렇군요… 죄송합니다.
이장	(웃음) 괜찮아요… 그래도. 산 사람이 훨씬 많다 아입니까. 게다가 그 해 이후로는 그렇게 큰 풍랑은 오지 않았으니… 해마다 거르지 않고 해신굿을 지낸 덕 아이겠습니까. 금년에도 무사히 지나갈낍니다.

박현제 신기하네요. 정말 굿으로 풍랑을 이겨낸 거라면.

이장 (피식) 그게 다는 아니지요.

박현제 예?

이장 굿판만으로 바람이 돌아서 가지야 않겠지요.

박현제 그럼…

이장 우린 오늘을 위해 6개월 넘게 준비를 합니다. 그 정신. 집중력. 일치단결. 뭐… 그런 거 아니겠십니까. 우린 오던 바람을 막을 준비를 하는 게 아이고 잘 맞을 준비를 하는 겁니다…

박현제 (이장을 바라보며) 멋지네요…

이장 가입시다… 바다도 해가 금방 떨어집니다.

이장, 앞장 서 나간다.

그 뒷모습을 바라보는 박현제의 얼굴 위로 석양이 진다.

2. 같은 날. 통영 여객선 터미널

무대 한 쪽 밝아지면.

터미널 안 벤치에 피곤하게 앉아 있는 요양사1의 모습이 보인다.

그의 옆에는 꽃무늬 튜브가 놓여 있다.

요양사2, 한쪽에서 등장한다.

요양사2 야. 배 끊겼대.

요양사1 뭐? 아, 진짜…

요양사2 (시계 보고) 여섯 시간만 버티면 돼.

요양사1 니미, 그 큰 병원에서 노인네 하나 간수를 못 해서.

요양사2 (하품) 그 양반이 어디 그냥 노인네냐.

요양사1 하품이 나오냐? 못 찾아가면 나, 이번엔 진짜 모가지야.

요양사2 알아. 그러게, 왜 자꾸 환자를 때리고 그래?

요양사1 등짝 몇 대 후려친 거 가지고… 정당방어야. 정당방어. 너도 봤으면서 그러냐? 병원에 천이란 천은 다 끌어다가 침대며 서랍이며 죄다 꽁꽁 묶어버린 거.

요양사2 묶었으면 풀면 되지. 할매들 똥기저귀도 갈면서 뭐.

요양사1 정리하려고 매듭을 푸니까 지팡이로 (목을 가리키며) 여길 내리쳤다니까. 보이지? 야, 이거 살인미수야.

요양사2 (피식) 빗맞았겠지. 살인미수는 무슨… 걱정 마. 그 양반, 입 하나는 무거우니까.

요양사1 하여튼. 이번에 찾아서 데리고 들어가면 가만 안 둬. 아주.

요양사2 (다시 하품) 너도 참… 노인네들 틈에서 무쟈게 열정적으로 산다.

요양사1 전화는? 넣었어?

요양사2 응. 좀 전에.

요양사1 이장한테?

요양사2 그래.

요양사1 (주머니에서 쪽지를 꺼내 읽는다) 나는 고향을 구하러 간다… (피식)

요양사2 노인네… 귀찮게…

요양사1 근데 확실한 거야? 이거 또 정신 나갔을 때 끄적거려 놓은 거 아냐? 갔다가 허탕치면 어떡해.

요양사2 확실하다니까. 노인네, 가끔 이순신 코스프레해서 그렇지. 뻥은 안 쳐.

요양사1 여기가 한두 시간 거리여야 말이지.

요양사2 틀림없어. 며칠 전부터, 고향 간다고 노래노래 불렀었어. (귀찮다는 듯) 야, 여기까지 왔는데 어디 가서 한 잔 하자. 회에다가.

요양사1 회? (입맛 다시며) 간단히? (잔 꺾는 시늉)

요양사2 가자. (튜브 눈짓으로 가리키며) 챙겨야지.

요양사1 아, 진짜. (마지못해 낚아채 들며) 이놈의 튜브. 이런 꽃무늬 밖에 없디?

요양사2 잘 챙겨. 편의점에 하나 남았던 거니까.

요양사1 아놔, 어디 소풍 왔나.

요양사2 어쩌냐. 장군님 모시고 가려면.

피식, 웃는 두 요양사의 모습.

3. 그날 밤. 다시 그 섬

무대 한쪽에서 비닐봉지를 들고 터벅터벅 걸어 나오는 박현제.

박현제 (전화 진동음. 받고는 아무데나 대충 걸터앉아 맥주캔을 딴다) 예, 아버지. 잘 도착했어요. 식사는요? 또 대충 물 말아 드신 거 아니죠? 네… 전 잘 챙겨먹었어요. 걱정 마세요. (들고 있는 비닐봉지를 들어서 보고는 헛웃음) 아버지는 속일 수가 없다니까요. 네. 잠이 안 와서 두 캔 샀어요. 섬이라고, 한 캔에 이천 원이나 받네요… 네. 내일 쭉 둘러보려고요. 여기 이장님이 유명하긴 한가 봐요… 정말, 현대판 이순신이라고 부른대요. 이순신 말고 여기 이장님 얘기나 써 볼까 봐요… (피식) 네… 같이 오셨으면 좋았을 텐데… 어쩔 수 없죠. 의사 말 잘 들어야지… 아버지… (말하려다) 아니에요. 그 게… 제가 어릴 때, 이순신 전기 읽고 또 읽고 했던 거 기억나세요? 아니요, 중요한 건 아닌데… 갑자기 생각이 나서…

바다를 향해 무거운 모래주머니를 쌓아 나르는 한 사내, 이씨의 모습이 보인다.
잠시 흠칫한다.

박현제 (그 모습을 보고) 잠깐만요… (물끄러미) 아버지, 제가 나중에 다시 전화드릴게요. 네. (끊는다)

박현제, 이씨에게로 다가온다.

박현제 저…
이씨 (잠시 멈칫) …
박현제 어르신… 늦은 시간에 뭐하십니까. 바람이 찬데.
이씨 …
박현제 좀 도와드릴까요.
이씨 …
박현제 어르신…

그저 묵묵히 모래주머니를 끌고 와 쌓는 이씨를 한동안 바라보던 박현제, 안되겠다는 듯이 팔을 걷어 부친다.

박현제 (이씨가 하는 양을 보고) 이렇게 놓으면 될까요?
이씨 (그제서야 박현제를 바라본다)
박현제 (머쓱하게) 그냥… 저희 아버지 생각이 나서… 조금 도와드려도…

이씨, 다시 묵묵히 일한다.

박현제도 다시 거든다.

박현제   풍랑 때문이죠?

이씨   (중얼거리듯) … 살고자 하면 죽지…

박현제   예?

이씨   죽고자 하면 살고… 그렇게 모진 거야…

박현제   무슨 말씀이신지… (깨달았다는 듯이) 아… (문득) 어르신도 이곳에 사신 지 오래 되셨죠?

이씨   …

박현제   어쩌다 이곳이 이순신 섬이라 불리게 된 겁니까. 이순신 장군의 해전이 있었던 곳은 여기 말고도 더 있는데 왜 하필…

이씨   변했어. 이 섬은.

박현제   예?

이씨   눈에 보이는 게 다가 아니라고…

박현제   그게 무슨…

이씨   남들이 보지 않는 걸 봐야 되는 거야. 그래야, 진짜로 볼 수 있지. (바다를 보며) 들리나?

박현제   뭐가 말입니까…

이씨   자네도 들리지 않는 모양이네… 바다가 저렇게 서글프게 울고 있는데…

박현제   (어리둥절한 표정으로 바다를 본다)

이씨   내일 날 밝으면 뜨게…

박현제   예?

이씨   풍랑이 금방 올 거니까.

박현제   아… 일기예보로는 며칠 후에나 올 거라던데… 이장님 말씀으로 는, 무사히 지나갈 거라던데요. 이번 풍랑은 그렇게 크지 않을 거라고…

이씨   (피식) 물속을 사람이 알 리 없지. 하루에도 바람이 수십 번씩 변하는 곳인걸.

이때 멀리서 박현제를 부르는 소리가 들려온다.
'박 작가님~!' '박 작가님~!'
박현제, 멈춰 서서 소리가 나는 쪽으로 걸어간다.

박현제   (멀리) 네! 여기 있습니다!

길용   (뛰어 들어오며) 하이고, 박 작가님! 슈퍼 가신다고 나가셔서 한참을 안 오셔갔고요. 걱정 했다 아입니까.

박현제   (웃으며) 길용씨, 말씀 편하게 하시라니까요.

길용   그래도 그라믄 됩니까.

박현제   나이도 동갑인데… 그냥 이름 부르세요. 현제라고. 방값도 안 받으신대고, 미안해서 그래요.

길용   어차피, 노는 방 아입니까.

박현제   친구하자더니.

길용   그라믄… (눈치 보다가) 까짓 거, 그라입시다! 현재, 나이가 비슷하니까 그라믄 현제씨라고 마 부릅시다!

박현제   그거 지금… 설마 농담이죠?

길용   헤헤헤. 내가 쪼매 유명하다 아입니까. 썰렁 개그로.

박현제   (웃음)

길용   오늘밤은 달빛도 옅고. 쪼매 위험하네. 맥주는 샀고요?

박현제   네.

길용   얼마 받는대예?

박현제   이천 원.

길용   하, 내 몬 산다… 할마시 또 그라네… 타지 사람들만 오믄 그냥…

길용이 친구라 카믄 안 그랬을끼데…

박현제   괜찮아요.

길용   나쁜 할매는 아입니다. 담배 한 갑 사준 셈 치소, 마. 얼른 가이시더. (재촉한다)

박현제   그래요. (가려다) 아, 잠시만… 어르신…??

이씨는 이미 무대에서 사라졌다.
박현제, 두리번거리며 찾다가 갸우뚱 하고는 비닐봉지를 집어 든다.

박현제   어?

길용   와요?

박현제   분명… 여기… 계셨는데…

길용   누가요?

박현제   어르신 한 분이… 여기서 모래주머니로 방파제 사이를 막고 계셨는데… 그새 가셨나부네.

길용   (흠칫) 어르신? 어떤 어르신 말입니까. 이장님 말고요?

박현제   이장님이 아니라…

길용   (서둘러) 일단 가입시다. 그래봤자, 동네 어르신 아니겠습니까.

박현제   그렇겠죠… 이 동네는 힘든 일이 있을 때도 끄떡 없겠습니다.

길용   예?

박현제   이순신 장군처럼 현자인 이장님에, 조선 수군 같은 주민들에… 보기 좋아요. 괜히 이순신 섬이 아니네요.

길용   아… 예… (괜히) 하이고, 바람이 차네. 가입시다.

박현제, 나간다.
그 뒤를 따라 나가던 길용, 주변을 황망히 둘러본다.
어두워진다.

4. 꿈 – 꽤 오랜 몇 해 전. 어느 날 밤

어둠 속에서. 빗소리와 함께 서글픈 울음소리가 뒤섞여 들려온다.
어렴풋한 미명 속에서 이씨, 바다를 바라보고 서서 흐느낀다.

이씨 어찌할까… 어찌하나…
천지에 나 같은 사람이 또 어디 있을까…
정작, 제 가족도 지키지 못하면서…
이 모든 게 죽는 것만 못하다… 죽는 것만 못해…

이씨를 향해 무대 곳곳에서 모여드는 사람들.
어쩌면 그는 먼지 쌓인 과거 속의 이순신처럼 보인다.
무대 한쪽에서 홀린 듯 걸어 나오는 박현제.
사방에서 모여드는 검은 형체들.
어떤 이는 열 길 물속을 알 수 없는 파도처럼, 수장된 원혼처럼, 죽은 아들처럼.
그를 공격하고 에워싼다.
이씨는 그 사이에서 구석에 몰린 쥐새끼 꼴이 된다.
박현제, 손을 뻗어 도와주려 하지만 몸이 말을 듣지 않는다.
그 사이 풍랑이, 또는 어떤 존재들이. 이씨를 순식간에 집어삼켜 버린다.
그렇게 한 덩어리가 된 그들은 곧, 방향을 틀더니 이내 박현제를 바라본다.
그리고 서서히 다가온다.
잠시 완전한 어둠 속에서.
빗소리가 파도소리처럼 질척인다.

5. 다음날 아침

무대 한쪽에서 등장하는 길용.

주위를 조심스레 살피더니 소박한 찬과 밥이 담긴 소반을 한쪽에 숨겨

두고 나간다.

마루에 앉아 멍하니 하늘을 올려다보는 박현제의 모습이 보인다.

길용, 곧 마당으로 들어선다.

길용　　　아이고. 굿모닝입니다~!

박현제　　아. 예… 잘 잤어요? 아침부터 어디 다녀와요?

길용　　　아… 뭐… (말 돌리듯) 뭐고. 완전 넋이 나갔네. 눈은 퀭하고. 먼일

　　　　　입니까.

박현제　　(긁적이며) 잠자리가 바뀌어서 그런가… 꿈자리가 뒤숭숭하네요.

길용　　　와예? 이순신 장군 조사 왔다드마 꿈속에서 칼 찬 장군님이 목이

　　　　　라도 베었는갑죠? (웃음)

박현제　　그러고보니 닮은 듯도 하고…

길용　　　뭐라노. (웃음) 농담입니다. 농담.

박현제　　…

길용　　　옴마… 참말로 가위라도 눌렸는가… 그라믄 밥 먹고 월향네 함 가

　　　　　볼래예?

박현제　　월향네?

길용　　　굿하던 무당 안 있습니까. 나랑 친합니다. 소개해 준다고요. 그래

　　　　　도 아직은 신빨이 따끈따끈헌데… 멀리서도 점 친다고 오고…

박현제　　길용씨… 나 교회 다닙니다.

길용　　　아, 그래예? 아멘.

박현제 (피식) 식전부터 어디 다녀옵니까.

길용 (살짝 둘러대며) 우리 박 작가님 태울 배가, 뜰라나… 보고왔다 아닙니까.

박현제 뜬답니까.

길용 머, 아직은 개안타카네요. 점심 먹고 휘 돌고 늦지 않게 출발 하이소.

박현제 미안해요. 신경 쓰이게 해서.

길용 에헤이~ 그냥 마, 고맙다 하믄 될 거를. (웃음)

박현제 고마워요.

길용 아침은 우째 할랍니까. 시장하지요?

박현제 괜찮아요. 원래 아침은 잘 안 먹어서.

길용 그라믄 쪼매 기다리소. 대충 채리갖고 아점 하믄 안 되겠나. 맞지요?

박현제 굶을랍니다.

길용 예? 와예?

박현제 밥값도 못 내게 하면.

길용 알았다, 알았다. 그라믄 밥값 받지 머를. 대신에, 돈 말고! 칼럼인가 뭐시긴가 쓸 때, 여기 얘기 좀 잘 좀 써 주이소. 남들 다 쓰는 거 말고… 진짜 얘기…

박현제 진짜 얘기라… 어렵네요. 그러고 싶은데… 뭐가 있을까요…

길용 (망설인다) 그게… (말 돌리듯) 작가님이 함 찾아보이소. 뭐 있나. 하하하.

박현제 (피식) … 길용씨도 참.

길용 누구보다 그걸 원하는 사람이 보믄 참 좋아하겠지예… (말꼬리를 흐린다)

박현제 예?…

길용 아, 아입니다. (전환하여) 그럼 됐지요? 거래가 성사된 거 맞지요?

(웃음)

내가 노총각이래도 솜씨는 기가 막히거덩요. 쪼매만 기다리이소.

길용, 바쁘게 안으로 들어가려는 그 때.

이장이 급한 걸음으로 들어선다.

이장   길용이!

길용   이장님 오셨습니까.

박현제 아, 안녕히 주무셨어요.

이장   (애써 **침착**하며) 잘 잤습니까. 잠자리는 괜찮았능가…

박현제 네. 덕분에.

이장   다행이고마… (헛기침)

길용   저, 식사는 하셨습니까.

이장   뭇다. (박현제에게) 바닷가 나가믄, 어제 봤든 중권이랑 아(애)들 둘
셋 있을깁니다. 그리 가믄 아(애)들이 섬이랑 안내해 줄낍니다. 물
회도 한 사발 시원하게 하고.

길용   지금 막 밥 할라는 참인데…

이장   여까지 와갖고, 맛있는 거 자셔야 안 되겠나. 머스마 혼자 임금님
수랏상을 차릴 것도 아이고. 맞제? (능글맞게 웃는다)

박현제 아. 이렇게까지 신경 써 주시지 않아도 되는데…

이장   하하. 글이나 잘~ 좀 써 주이소. 얼른 가이시더. 해송 쪽으로 가믄
있을낍니다.

박현제 고맙습니다. 그럼… (길용에게) 다녀올께요.

길용   (뒤에 대고) 너무 바다 가까이 가지 마이소.

박현제, 고개 숙여 인사하고 나간다.

이장, 그 뒷모습을 한동안 바라보다가 박현제의 모습이 사라지자.

이장	(돌변하여) 할 말 없나.
길용	뭐를 말입니까.
이장	내, 다 안다.
길용	그라니까 뭐를 말입니까.
이장	니, 이씨하고 편지 주고받는 거 말이다.
길용	…
이장	뭐라드나, 이씨가? 편지 했제? 여, 온다드나?
길용	…
이장	니가 그래 맞장구 쳐주고 하니까, 이씨가 빨리빨리 치료가 안 된 다고.
길용	편지하면서 안부 전하는 게 득이 되믄 됐지. 해가 된다 이깁니까.
이장	알았다. 알았다. 그래서, 뭐라드노.
길용	다 알믄서 물어보는 거 아입니까.
이장	(한숨) 니, 혹시나. 이씨 만나면 숨겨주지 말고 바로 나한테 말해야 된다. 알았제?
길용	숨기다니… 이씨 아저씨가 간첩입니까.
이장	일마야. 요양원에서 전화 왔다. 낯선 사람 만나 해코지라도 하믄 우짤끼고?
길용	아저씨… 아니, 이장님…
이장	와? …
길용	불안합니까. 해코지 당할까봐?
이장	머라노!
길용	그래서 이장님은 아저씨한테 죽을 때까지 안 되는 깁니다.
이장	일마가 진짜 뭐라카노!
길용	그거 압니까. 이장님이 아저씨한테 신경 쓰는 거 백분의 일도 아 저씨는 이장님한테 관심이 없십니다. 내는 한 번도 아저씨가 오락 가락한다 생각한 적이 없거든예. 내한테 오는 편지들은, 정신 나

간 사람이 쓸 수 있는 내용이 아입니다.

이장   니, 지금… 내가 멀쩡한 사람을 병원에 쳐 넣었다는 기가!

길용   그라믄 아입니까? 중권이랑 둘이 짝짝꿍해가 그란 거 모를 줄 압
        니까. 마음 아픈 사람을 미친 사람 취급 해 놓고… 하늘은 압니다!

이장   이노마가 근데…
        (노려보며 비웃듯) 그라는 니는! 니는 뭐를 했는데!

사이.

이장   이씨 보믄, 바로 연락해라. 알았제. 내, 분명히 경고했다.

이장, 나가려 한다.

길용   (뒤에 대고) 부끄럽지도 않십니까. 미안하믄! 평생 옆에서 갚으면서
        살았으믄 되는 깁니다!

이장, 멈칫하다가 바삐 나가 버린다.
그 뒷모습을 야속하게 바라보는 길용.

6. 그 시각. 바닷가

무협 영화에나 어울릴 듯한 음악이 흐른다.
무대 밝아지면 중권과 강배, 진지한 얼굴로 긴 칼을 든 채 대련중이다.

겨루기 끝에 나가떨어지는 강배.

강배   이씨!… 문디, 연습 아이가. 연습. 뭐 그라고 쌀벌하게 하는데!

중권   빙신… 상대가 안 된다 캤제. 니는.

만우   (키득거리며) 아이고, 행님아. 우예 한 번을 못 이깁니까.

중권   하이고, 레벨이 안 되는 놈하고 할라니까 재미도 하나 없고. 기운
       만 뺐다.

강배   (달겨 들며) 죽고싶나!

하지만, 가볍게 제압해 쓰러뜨리는 중권.
강배, 나뒹군다.

중권   니는, 느무 감정적이다.

만우   (말리며) 행님들아, 미리 힘빼지 말고 작가님 오믄 하입시다. 합 맞
       쳐가. (시계 보며) 작가님이 와 이리 안 오노.

강배, 삐져서 돌아앉는다.

중권   그러자. 그라믄. 하이고 되다… 행사철 다 지났는데. 머를 또 하라
       고. 이장님도 참말로.

만우   홍보에 워낙 열심이다 아입니까. 이순신축제 때 하는 행사 중에는
       그래도 이기 제일 볼 만하니까. (웃으면) 까라면 까야 안됩니까.

중권   기자나 작가나 그런 사람들 오믄. 더 유난이다. 지가 할 것도 아니
       믄서. 작가 하나 보여 줄라고 이 지랄염병을 해야 되는가 말이다.

만우   괜히 토 달았다가 또 불호령 떨어집니다.

중권, 강배 옆에 앉으려 하자 자리를 옮겨 떨어져 앉는다.

중권	허! 삐깄나.
강배	몰라.
중권	가스나도 아이고, 뭐 삐끼는데.
만우	이랄 때 보믄, 이씨 아저씨하고 이장님 사이 같다 아입니까.
강배	(슬쩍 좋아하며) 내가 이씨 아저씨 같다고?
중권	이장님이겠제. 아이다, 니는 그만치도 안댄다. 카리스마가 없다 아이가. 헤헤헤.
강배	이거를 확!
중권	니는 내한테 죽을 때까지 좃밥이다.
강배	그란 게 어딨는데! 이장님이 지금도 좃밥이드나!
만우	말 되네요.
중권	어릴 때는, 이씨 아저씨한테 맨날 발렸다고.
강배	호랑이 담배 필 때 말이가. 첫. 지금은 아이다.
만우	그라고 보이까… 언제부터였습니까.
중권	뭐를.
만우	기억이 안 난다 아입니까. 이장님 변한 거 말입니다.
중권	이장 되고부터 아이가?
만우	이장님 되고 나서부터 눈에 살기가 도는 게…
중권	이장님 업적이 있다 아이가. 업적이. 그 풍랑에 어선이라도 건지지 않았으믄 이 섬사람들 죄다 굶어디졌다.
강배	매 한가지 아이가? 빠져 디진 사람이 억수로 많은데. 이래 죽으나 저래 죽으나.
중권	또또… 입방정.
강배	원래 말이다. 그렇다고 믿으면 진짜 그래 되는 기다. 내가 용감하다… 용감하다… 내가 잘했다… 잘했다… 더 잘해야댄다… 그라고 자꾸 주문을 외워주다 보믄 진짜 그란 사람이 되는 기라고. 힘만 쎈 니가 머를 알겠노. 무식해가지고.

중권	그래. 니는 얍삽해가 참 좋~겠다.
강배	얍삽해야 사는 기다. 이씨 아저씨 바라. 착하고 의리 있으믄 뭐하는데.
중권	말은 청산유수지.
강배	에이씨. 뭍으로 나가든가 해야지. 쨰깐한 섬에서 뭐 이라고 할 일이 많노.
만우	(연신 시계 보며) 길 엇갈맀나… 작가님이 우예 안 옵니까.
중권	코딱지만한 섬에서 길이라도 잃었능가…
만우	길용이 형님네로 가 볼까요.
강배	괜히, 길 엇갈린다. 고마 기다리자.
중권	그래, 만사 귀찮다.

만우, 바다 가까이 다가가 서성인다.

만우	(갸우뚱) 행님들아, 이리 좀 와 보이소.
강배	아. 왜.
만우	아, 좀!
중권	(다가가서 보고는 놀라) 이기, 누가 이랬제?
강배	(다가온다) 먼데!
중권	누가, 모래주머니를 잔뜩 날라다가 쌓았다.
만우	어제도 없었던 거 같은데 누가 이랬제? 이기, 억수로 오래 걸렸을 낀데…
강배	내는 아이다.
중권	안다! 빙신아…

세 명, 갸우뚱하는데 한두 줄기 떨어지는 빗방울.

강배　어? 비… 비오네…

만우　(멀리 보고) 행님들. 저기 떠밀려 내려오는 기 멉니까?

중권　뭐 말이고.

만우　저기요. 안 보입니까!

강배　저거… (놀라)

만우　도로 떠밀려 왔는가보네요. 우짭니까…

중권　맞네. 한 번도 이란 적이 없는데.

강배　(중얼거리듯) 이기 뭔 일이고.

만우　가 보입시다. 예?

세 사람, 당황하며 휩쓸려 나간다.

바람소리, 빗소리. 어두워진다.

무대의 다른 곳 밝아지면, 동굴이 보인다. 사실, 그것은 동굴이 아니라 어망이며 그물, 어구가 실타래처럼 엮여있는 큰 덩어리이다.

양 옆에 달린 구조용 튜브들로 인해, 오랜 세월 바다 속 깊이 침몰해 있던 작은 배처럼 보이기도 한다.

멀리에서 머리를 손바닥으로 가린 채 비를 피해 박현제가 뛰어온다.

박현제　아… 갑자기 빗방울이 굵어지네… (두리번) 길이 엇갈렸나… 해송이 한두 그루도 아닌데… 어딜 말하는 거지…

지나가려다, 멈춰 선다.

박현제　이게 대체 뭐지… (이리저리 살펴보는데)

저만치에서 인기척.

이장의 목소리가 들려온다.

이장	시간 없다 쫌. 빨리 와 보라고.

이장과 무녀 월향의 모습이 나타난다.
박현제, 인기척을 할까 말까 망설이는 사이 뒤에서 이씨가 불쑥 나타나
박현제를 뒤로 잡아당긴다.

이장	저, 안 있나. 바라. 쫌.
월향	저게 뭔데예.
이장	이기, 어제까지 없었다고. 머리가 안 돌아가나.
월향	…
이장	그노마가 여 왔다 말이다. 요양원서 연락 왔다. 도망쳤다고. 정신 오락가락해서, 쉰소리 지껄이믄 우짜겠노. 뭐, 수가 없겠나.
월향	뭐… 저주굿이라도 하란 말입니까.
이장	인형 같은 거 만들어서 하는 거 말이가? 효과 있나?
월향	신빨 다 떨어졌다 안했습니까. 무신 일만 생기믄, 굿을 하고… 축제 때까지 나가서 관광객 상대로 굿을 하니. 남아날 리가 없지요. 여기 사람들, 이장님 말이라면 뭐든 잘 듣는데 무서울 거 없다 아입니까.
이장	미꾸라지 한 마리가 물 흐린다는 말 모르나.
월향	…
이장	내가, 이 섬을 이만큼 만드는 데 얼마나 고생했는가 니, 알제? 니는 그기 되겠는가… 했지만. 결과를 보라고. 결과를. 이순신 섬이라 카고, 분기별로 축제에, 관광상품 찍어내니까 사람이 버글버글 모이고… 내, 된다캤제. 그리고, 니 신빨까지 더해져가… 풍랑도 비껴가고.
월향	제 덕이 아이고… 운이 좋았던 깁니다.
이장	덕이건 운이건 간에. 그때 풍랑 이후로는, 별 탈 없이 잘 지냈고.

니 말대로 다 괜찮았으니. 니도 분명 공이 있다. 내, 그 공은 안다. 그래가, 이래 너허고 상의하는 거 아이가.

월향   …

이장   뭐, 방법이 없겠나. 분명히 여기 있다. 섬 안에. 그노마 보통 아이라고. 여 와갖고 과거 들춰내갖고 들쑤셔대면 그 마무리는 또 우짜겠노. 사람들이, 귀가 얇다 아이가. 그 똥, 내가 다 치워야 댄다고… 오믄 잡아갖고, 귀신 들려서 미쳤다카고 굿이나 한 차례 하믄 어떻노. 말해바라. 노이즈 마케팅… 앙? 우리 전문 아이가.

월향   (피식) 우리라니… 한 패인 것처럼 말씀하시네요… 세상 이치를 저 보고 바꾸라 하시니… 아무리 이 섬이 갈 데까지 갔다캐도… 말도 안 되는 일을, 이 섬에서는 통하게 하는 게 이장님 능력인갑네요… 제가 할 수 있는 건 아무것도 없십니더…

이장   (물끄러미)

월향   …

이장   할 수 있는 게 없다…

월향   …

이장   맞나…

월향   …

이장   (다가서며) 니 요새 살 만하나…

월향   …

이장   딸년은 어무이 팔자를 닮는다 카든데, 니도 그래 살고 싶은갑제? 그거 아나. 끌어올리기는 힘들어도. 망가뜨리는 건 일도 아이다.

월향   (뒷걸음질)

이장   니 어무이, 배가 남산만 했제. 여 올때 말이다. 잘 찾아왔제. 뭐, 이 섬이 공기 하나는 좋다 아이가. (문득 월향의 머리채를 잡아쥐며) 내가 와, 개를 안 키우는 줄 아나. 이쁘다이쁘다 캤는데, 어느 날인가. 그 개새끼가 내를 물드라고. 어디서 굴러먹었는지도 모르는

90

미친년 거둬주고. 그 미친년 딸까지 거뒀드마. 하이고 참… 니…
내, 물라고?

월향, 두려움에 이장을 바라본다.

이장   보니까 알아들었네… (놓아주며) 놀랐나. 개안타. 개안타. 시나리오
        함 짜 바라. 알았제.

월향   … 예…

이장   (나가려다) 이번 풍랑도 잘… 지나가겠제?

월향   … 괜찮을낍니다…

이장   잊지 마라. 사람들은 보이지 않는 것에 더 호기심이 많다. 그래서,
        내가 니를 억수로 아끼는 거 아이가.

이장, 나간다.
월향, 분노에 부르르 떨더니 비장하게 걸어 나간다.

잠시 사이.

뒤쪽에서 스윽 고개를 내미는 이씨와 박현제.

박현제   (이씨를 보고 소스라쳐 빠져 나온다) 그럼 어르신이… 혹시…

이씨   (한심하다는 듯이) 쯧쯧쯧쯧… 날 밝으면 가라캤는데…

박현제   …

이씨   내 말 안했나… 이 섬은 변했다고.

박현제   (놀라) …

이씨   (중얼거리듯) 어차피. 제정신으로는 못 사는 세상 아이가.

박현제   어르신…

이씨	정말 이순신 장군님 찾으러 왔나.
박현제	… 예.
이씨	그래, 뭐 좀 찾았나.
박현제	(멍하니 고개 젓는다)
이씨	(물끄러미) 싸움 잘하나?
박현제	예?…
이씨	못하제?… 그랄 줄 알았다… (피식) 마이 닮았네.
박현제	누구…
이씨	우리 영민이… 내 아들. 지금 니 또래다.
박현제	아…
이씨	이순신 장군하믄 자다가도 인났다. 니도 그라나…?
박현제	… 저도… 어릴 때 많이 읽었습니다…
이씨	어릴 때, 약하다고 매일 친구들한테 맞았다. 내가 위인전 셋트를 사줬는데. 그 중 한 권만 너덜너덜한 거라. 이순신… 끼고 살았제. 그러다가 어느 날 자기는 마, 이순신 장군님처럼 될 꺼라 카대. (피식) 강해질 끼라고… 강해지고 싶다고…
박현제	왜 하필…
이씨	(물끄러미) 모든 걸 잃고도 원망하지 않고. 사람들을 구했다고. 그기 진짜 강한 거 아니냐고 묻대… 마음이, 힘이 쎄다고.
박현제	… 그래서… 강한 사람이 됐습니까?…
이씨	… (사이) 아마도…

사이.

이씨	잠 잘 자나?
박현제	예?
이씨	잠 잘 자느냐 말이다.

92

박현제 예… 예… 뭐 그럭저럭.

이씨 잠을 잘 자야 사람이 산다… 맞제? 자고 있는데 잠이 안 온다. 내는…

박현제 ???

이씨 이 바다에 억울하게 죽은 사람이 억수로 많대이… 밤마다 온다… 내한테… 펑펑 운다… 말도 몬하고… 조심 하래이. 내같이 잃어버리고 그라믄 안댄다. 중요한 건 절대 잃어버리는 기 아이다. 알았나.

박현제 뭘… 잃어버리셨습니까?

이씨 잃어버렸제… 전부 다…

박현제 (빤히)

이씨 와?

박현제 어르신… 제 눈엔, 정신이 이상해 보이시거나 하지 않습니다.

이씨 모르나… 이순신 조사한다드마…

박현제 뭐를 말입니까.

이씨 이순신은 잘못 한 게 있어 감옥 갔다드나.

박현제 …

이씨 여기… 인자 볼 거 하나도 엄따… 그니까 얼른 가라. 바다… 돌변하면 무섭다고… (물끄러미)

사이.

그 때. 어디선가 북소리가 들려온다.
이씨, 박현제에게 따라 가 보라고 손짓한다.
박현제, 홀린 듯 걸어 나간다.
잠시 어두워진다.

7. 배가 돌아왔다

무대 밝아지면.
월향, 바닷가에서 치마를 나부끼며 노래한다.
그 옆에서 길용, 북을 친다.

월향   (노래) 사람이 사람 같지 않아.
　　　한 번 죽으면 아무 소용없는 걸.
　　　그러니 탓 할 것도 없지. 지금 취하고 배부르면 그만이니.
　　　복사꽃 피니 세상도 끝나네. 영영.

길용   정말 개안겠나? 이장이 가만 안 있을긴데…

월향   내… 이 섬에서… 이기 마지막 굿이다.

박현제, 그 모습을 보고 멈춰 서서는 멍하니 듣고 있는데.
주변이 소란스러워지더니 사내들이 들어선다. 이장, 중권, 만우, 강배.
중권과 강배는 (굿이 끝나고 바다에 띄웠던) 상여를 들고 온다.
상여는 부서져 있다.

만우   길용이 형님!

중권   월향아, 우짤끼고~! 해신님께 띄운 배가 도로 떠내려 왔다. 이 봐
　　　라. 부서졌다고!

강배   이번에 풍랑이 제대로 덮치는 거 아이가? 이기, 불길한 징조 맞
　　　제? 말 좀 해 바라!

바람이 분다.

사내들, 두려움에 바다를 바라본다.

이장 (월향의 멱살을 거머쥐고) 월향이 니, 뭐라고 설명 좀 해 봐라.

만우 (말리며) 이장님. 진정하이소. 이거 놓고 말씀하이소. 예? 풍랑이 월향이 탓입니까. 예?

강배 우짜노. 바람 분다.

중권 바다 좀 바라. 예사롭지가 않다!

이장 (월향의 멱살을 흔들며) 미리 예고라도 했으믄 사람들이라도 다 피하게 조치를 취했을 거 아이가!

월향 정말 믿고 계신깁니까. 자연의 이치를 한낱 미물인 제가 알 수 있을 거라고. (물끄러미) 이장님… 두려우세요?…

이장 이 미친 무당년… 니가 기어이 내를 무나? 으잉? (한 대 때리려다가 애써 참으며) 괜찮다 안했나. 아무 일 없이 무탈 할 거라고 니가 안 그랬나.

월향 다, 괜찮을 겁니다.

이장 (살피며) 맞제, 풍랑이 무사히 지나가는 기. 분명히 맞다캤제…

월향 전… 풍랑이 피해 간다고 말한 적 없습니다. 하지만 괜찮을 겁니다. 풍랑을 잘 맞게 도와 줄 사람이 왔으니까…

멀리서 '이장님!' 부르는 소리.
요양사1,2가 양쪽에서 이씨를 잡고 데리고 온다.
꽃무늬 튜브에 갇힌 꼴이 마치 포승줄에 묶인 듯 보이기도 한다.
이씨는 그저 하늘을 바라본다.
진짜 정신이 나가기라도 한 듯이.

요양사1 안녕하셨습니까. 이장님.

모두, 이씨를 보고 놀란다.

만우   아저씨!··· 잘 지내셨습니까.

중권   뭐고!

강배   언제 왔십니까!

이장   (괜히 가서 손을 맞잡으며) 일마야, 걱정했다 아이가. 전화 받고 내
           얼마나 놀랐는 줄 아나. 고향에 오고 싶으믄 내한테 연락을 하지.
           여가 어디라고 혼자 왔노. 위험하게. (요양사에게) 상태가 더 안 좋
           아졌십니까. 예?

요양사1 고만고만합니다.

이장   일마야. 와 이리 말랐노. 밥은 못나? 응? (요양사에게) 어디 있었습
           니까.

요양사2 그냥 바닷가에 앉아 계시던데요.

이씨   ··· (이장에게) 잘 있었나··· 여전하네···

이장   ··· 머가 말이고···

이씨   니··· 요새··· 잠 잘 자나···?

이장   (당황스러움을 감추며) 일마가··· 뭔 소리고? 하하하.

요양사1 혹시, 지금 뭍으로 나가실 분 계십니까.

강배   와예?

요양사1 조금 있다가 마지막 배가 뜬답니다. 풍랑이 거세지고 있어서 배가
           다시 뜨려면 며칠 걸릴 거라네요.

마른 번개가 친다.

이씨   (문득 소리친다) 북을 울려라! 북을 계속 울려라!

길용, 번개 소리에 대적하듯 북을 친다.

북소리가 거세진다.
사람들 우왕좌왕 바다를 살피는데, 월향, 다시 노래하기 시작한다.

월향 (노래) 사람이 사람 같지 않아.
한 번 죽으면 아무 소용없는 걸.
그러니 탓할 것도 없지. 지금 취하고 배부르면 그만이니.
복사꽃 피니 세상도 끝나네. 영영.

천둥이 친다.
사람들 놀라, 땅에 엎드리거나 멈춘다.

이씨 기억나나? 그날 밤도 여기서 해전을 치뤘다. 왜군이 아닌 풍랑과
싸웠다.

바람 소리와 천둥소리가 뒤섞인다.

월향 바다가 운다. 억울한 자들이 깨어난다.
배가 돌아온다.

월향, 방울을 흔든다.
그 날 밤이 된다.
사람들, 바람에 나부끼며 날아가지 않으려고 애를 쓴다.

길용 (소리친다) 아저씨. 사람들이 물에 빠졌어요. 휩쓸렸어요.

이씨, 구석에 있는 그물배를 끌고 온다.

이씨	배를 띄울게. 배를 띄우자! 제일 큰 배가 필요해. 나랑 같이 배를 탈 사람 없나!

사람들, 술렁인다.

만우	(숨는다) 말도 안 댄다… 이래 죽기는 싫다.
강배	(도망친다) 높은 곳으로. 높은 곳으로 올라가믄 댄다. 높은 곳으로.
길용	아저씨… 무섭습니다… 너무 무섭습니다…

길용, 발만 동동 구르고 무기력하게 주저앉아 있다.

이장	니 미쳤나? 지금 이 파도에 배를 띄운다고?
이씨	저렇게 둔다고? 지금 안 건지면 다 죽는다.
이장	어차피 못 건진다.
이씨	배 좀 쓰자.
이장	배를 뭐한다고.
이씨	니 배가 크니까, 니 배에다 작은 배들을 이어서 힘을 받으면 안 되겠나.
이장	미친 소리 하지 마라고.
이씨	이제 휩쓸리면 영영 못 구한다 이 말이다.

이때, 박현제(영민)가 배 위로 기어오른다.

길용	아저씨!! 저기! 영민이가!!
이씨	영민아! 그 배는 안 된다. 너무 작아!
박현제	아버지!
이씨	기다려라!

이씨와 박현제, 배를 끈다. 원을 돈다.

그 기세에 사람들 이리 쫓겼다 저리 쫓겼다 하는 모습이 묘하게 바다 위를 표류하듯 보인다.

사람들이 이씨의 손에 이끌려 배를 거쳤다 바닥에 내려온다.

바다에서 육지로, 배에 달려 있던 구명 튜브를 바다로 던진다.

한참 후 다시, 배에는 이씨와 박현제만 남는다.

박현제   아버지!

이씨   기다려라. 아버지가 배를 묶으께!

이씨, 내려와 줄을 갖고 와 묶으려는데 사람들이 외친다.

'풍랑이 밀려온다!'

박현제를 태운 배가 소용돌이친다.

박현제   아버지!!! 살려주이소!!!

사람들, 영민(박현제)이 탄 배를 빙글빙글 돌린다.

이장, 가로막는다.

이씨   비키라!

이장   내 배는 안된다캤제.

이씨   사람이 탔다. 사람이. 우리 영민이 안 비나!

이장   지금 나가믄 다 뽀사진다. 풍랑은 잠깐이지만 살 날은 길다고!

이씨   니, 지금 뭐라고 씨부리는지 알긴 아나!

이장   안댄다캤제.

이씨   내, 할 수 있다. 사람도 구하고 배도 구할 수 있다고! 방향만 잘 읽으면 가능하다 안하나! 내 뼛속까지 뱃놈 아이가!

이장, 주먹을 날린다.

이씨   (놀라) 뭐고!
이장   개새끼야! 안댄다캤제! 내가 아직도 니 좆밥인줄 아나!
이씨   뭐하노! 이랄 시간 엄따!
이장   (중권에게) 중권아! 잡아라!
이씨   이라지 마라! 영민이가 죽는다! 죽는다고!

중권과 이장, 이씨를 향해 주먹을 날리고 발길질 한다.

이씨   뭐하노… 뭐하노… 영민아…

한참을 돌던 배가 무대 밖으로 사라진다. 또는 좌초된다.
월향, 방울을 흔든다.
천둥이 친다.

월향   바다가 운다. 하늘이 운다. 많이 살았고. 더 많이 죽었다. 바다가
통곡한다!

사람들, 뒤섞여 움직인다. 바다에서 기어 나온 억울한 원혼들이다.
그것은 언뜻 춤추는 것처럼 보이지만, 발작에 가깝다.
한쪽에서 가슴을 부여잡고 우는 이씨의 모습.

※ 등등곡을 인용함.
1590~1592 / 이상한 춤을 추며 정신없이 노는 놀이가 크게 유행하였다.
일부러 정신 나간 행동을 따라하면서 미친 사람 흉내를 내면서 날뛰고 노
는 행동.

이것은 당시 극심한 당쟁의 상황에서 허망함을 느낀 양반 가문에서 은밀히 유행하기 시작한 일탈행위라 보았다. 귀신 탈이나 무당의 행장을 하는 경우도 꽤 있었다.

북소리는 더욱 빠르고 거세진다.
마침내, 월향은 빙글빙글 돌기 시작한다.
한참을 돌다가 마침내 자리에 꼬꾸라지는 월향과 사람들.
북소리가 문득 멈춘다.
모두 그렇게 엎드려 있다.
천둥소리가 크게 천지를 흔들더니… 고요해진다.
곧, 술렁이는 사람들.

만우   뭐고… 큰 풍랑은 아이가?
중권   이장님. 우짭니까.
이장   … 이대로 지나가려나…
만우   하늘이 조금 높아진 것도 같은데…
중권   별 일 있겠나…

모두들, 바다를 바라본다.

이씨   (읊조리듯) 이건 그냥 잠깐 소강상태다. 무게 있는 것을 들고 방파제로 가야댄다…

사람들, 그저 웅성웅성 바다를 보고 하늘을 올려다 볼 뿐.

이씨   (사람들을 본다) 변한 게 한 개도 엄네… 한 개도…

박현제, 부스스 몸을 일으킨다.

이씨 똑같다… 숨고 도망치고… 죽이고… 죽이는데 보태고… 무섭다… 머 이렇노…

이씨, 박현제에게 다가온다.

이씨 아이다… 개안타… 영민아… 아부지도 강해질끼다… 너 맹키로… (들고 있던 튜브를 건넨다)

박현제, 그런 이씨를 괜히 먹먹하게 바라본다.
어두워진다.

Epilogue. 나는 어쩌면, 이순신을 보았다

뱃고동 소리. 뭍으로 가는 배 안.
요양사 2와 강배, 박현제가 지친 기색으로 뱃머리에 앉아 있다.
요양사1, 들어온다.

요양사2 장군님은?
요양사1 화장실.
요양사2 지키고 섰어야 되는 거 아냐?
요양사1 큰 거래.

요양사2 그래. 쉬어. 이 배에서 어디 도망갈 데나 있다고.

요양사1 (강배에게) 근데, 어디 가요? 큰 풍랑은 아닐 거라잖아요.

강배 이씨 아저씨가 그래 뵈도 감이 좋아서…

요양사1 (비웃듯) 귀가 얇으시네…

강배 큰 집이 뭍에 있어서 그랍니다. 겸사겸사…

요양사1 (피식) 섬에 사는 사람이 그렇게 풍랑이 무서워서 어쩐대요.

강배 무서운 게 아이라니까… (괜히) 에이, 배멀미 나네.

요양사들, 마주 보고 키득거린다.

박현제, 생각에 잠겨 수첩에 뭔가 끄적이고 있다.

박현제 그럼, 어르신 아드님은 그때 죽은 거군요?

강배 그렇답니다. 내도 뭐 보지는 못 했으니까… (헛기침) 내는 잡니더. 멀미가 심해가… (돌아눕는다)

박현제 (요양사1에게) 이 튜브는 뭡니까.

요양사1 보면 모릅니까. 튜브가 튜브지.

박현제 무슨 특별한 건지 궁금해서.

요양사2 사실인지는 몰라도, 옛날에 튜브 여러 개로 사람 많이 구했답니다. 요양원에서도 그저 닥치는 대로 묶고 불고…

요양사1 환장하지 아주. 그 튜브는 특히.

박현제 왜요?

요양사1 그거라도 있었으면 사람들을 더 살렸을거라나. 아니면 아들 살릴 수 있었을 거라 믿는 건지.

요양사2 (시계 보더니) 왜 이렇게 오래 걸려?

요양사1 (일어나며) 알았다. 내가 한 번 가 볼게.

요양사2 야. (박현제 눈치보고) … 모가지 잘리기 싫으면 얌전히 모셔와.

요양사1 (툭툭 털고 일어난다) 알았다니까.

요양사 1, 나간다.

박현제 저… 왜, 장군님이라 부릅니까?

요양사2 가끔씩 자기가 이순신이라고 그랬다가. 또 돌아왔다가… 몇 년간 이순신 관련 책을 쌓아놓고 읽더라니까. 잠도 안 자고.

박현제 아…

요양사2 근데, 또 다 태워버리더라고.

박현제 왜요?

요양사2 모르죠 뭐. 그 속이야. 아. 그러긴 하더만. 진짜로 강한 건 책에 없다고. 뭐, 우리 일하는 데야 알 수 없는 말 하는 노인네들 천지니. 알 수 없죠.

박현제 거기… 요양원에서 뭐 별다른 건 없습니까.

요양사2 거의 수영장에서 살죠. 두려움을 극복해야 한다나… 근데, 이거 인터뷰죠? 책에 나와요?

박현제 예… 뭐… 아마도…

요양사2 (머쓱하게 웃으며) 난 그런 데 한 번도 이름 같은 거 실려본 적이 없어서… 알려드릴까?

박현제 네? 뭘…

요양사2 내 이름.

박현제 아… (마지못해 수첩 내밀며) 여기… 적어 주세요.

요양사1, 허겁지겁 뛰어 들어온다.

요양사1 야! 좆됐다…

요양사2 왜.

요양사1 없어.

요양사2 뭐?

박현제, 갑판으로 뛰어 나와 바다를 바라본다.

요양사들과 강배도 뒤따라 나온다.

(이들은 바다를 보며 마치 그려주듯 이야기한다)

강배	단단히 미쳤네.
요양사1	저깄다! 저 튜브 탄 사람 맞지?
요양사2	저 튜브로 저기까지 어떻게 갔지?
요양사1	파도 좀 봐. 자꾸 뒤로 밀리네.
요양사2	저러다 죽는 거 아냐? 빨리 배 돌리자. (선실로 가려는데)
요양사1	벌써 물어봤지. 조류가 바뀌어서 못 돌아간대.
요양사2	하! 진짜 이순신이네.
요양사1	뭔 소리야.
요양사2	그 영화엔가 나오잖아. 조류 이용해서 이겼다고. 이순신이.
강배	어어! 없어졌다!!!
요양사들	(술렁) 어디어디!
강배	바다 안으로 휩쓸려 들어갔는갑네!
요양사들	(술렁) 어어!
강배	떠올랐다!!!
요양사들	(가슴을 쓸어내리며) 휴우!
요양사1	아, 진짜 좆됐네.
요양사2	어쩌냐. 제 발로 헤엄쳐 간 걸.
요양사1	노인네… 근데 진짜 풍랑이 오는 걸 어떻게 알았대. 사람이 한 가지만 생각하면 진짜 영적 능력 같은 게 생기나?
요양사2	(피식) 너까지 왜 그래. 영적 능력은 얼어 죽을… 뉴스에서 주워 들었겠지.

무대 한쪽 높은 곳에 튜브를 들고 올라서는 이씨의 모습이 멀리 보인다.

그리고 배 위에서 그 모습을 바라보는 박현제.

이씨 (멀리서) 모두 위치로! 여기서 풍랑을 맞는다!
       모두 높은 곳으로 대피!!!

〈소리〉
박현제 나는 처음 그를 볼 때부터 알았다.
         그가 미치지 않았다는 것을 그리고 또, 미쳤다는 것을.

이씨, 멀리서 바람에 나부낀다.

박현제 그리고 보았다… 만났다… 겁이 나 숨었던 안위와, 제일 먼저 도
         망친 배설, 수많은 사람을 죽이고도 버젓이 영웅이 된 원균, 힘은
         쎄지만 귀가 얇은 권율… 그리고… (요양사들 바라보며) 일본… 명
         나라… 그들은 영웅이 불멸하듯… 불행히도 함께 불멸했다…

사방에서 벚꽃 잎이 흐트러져 날린다.

박현제 나는 비로소.
         이순신에 대한 글을 쓸 수 있을 것만 같았다.
         그는, 명분을 중요하게 생각하는 장군으로 살았지만
         자식을 잃었고. 전부를 잃었다고 했다.
         그리고… 두려움을 극복했다.
         모든 것을 잃었고 그러나 세상을 구했다.
         그는 말했다. 제정신으로는 잠들 수 없었다고.
         그는 슬픔과 번민에 미치지 않았다.
         그러나 아마도. 대의에 미쳐 있었다.

이씨, 손을 높이 든다.

이씨   (멀리서) 닻을 들어라!

박현제   그랬다. 그의 외침이 나에게는 그렇게 들려왔다.

이씨   (멀리서) 돛을 들어라! 발진하라!!

박현제   나는 이 곳에서…
어쩌면. 아직 이 세상 어딘가에 살아있을 진짜 이순신을 만났다…

이씨, 멀리 손을 흔든다.
어두워진다.

막.

술래야 놀자(이방인의 노래)

— 작/극단모도 공동창작, 연출/전혜윤 —

공연기간 : 2016년 7.15(금) 19:30, 7.16(토) 16:00
공연장소 : 통영시민문화회관 소극장
단체명 : 달다방프로젝트 & 극단 모도
출연진 : 소녀 役_이훈희 / 소년 役_마광현 / 박수(제1광대) 役_박두수 /
제2광대 役_김신용 / 제3광대 役_양말복 / 제4광대 役_김정아 / 제5광대 役_신정은
제작진 : 작가_극단모도 공동창작, 연출_전혜윤 / 조연출_김진솔 /
제작PD_장성연 / 무대디자인_손호성 /
조명디자인_류백희 / 의상디자인_박근여 / 음악감독_박두수 / 안무_김정윤
오퍼레이터_김하진

■ 등장인물
소녀
소년

대장 광대 : 박수. 괴물. 기타를 멘 보헤미안.
　　　　　　광대들을 불러내고 판을 짠다.
둘째 광대 : 남자. 노동자. 아버지. 할아버지.
셋째 광대 : 여자. 할머니. 엄마.
넷째 광대 : 아가씨. 여자.
막내 광대 : 중성탈. 남자. 여자. 무엇도 될 수 있는 생물.

여는 마당

옅은 바람소리와 파도소리 들려온다.
무대에 늙은 소년의 뒷모습 보인다.
박수, 걸어 나와 늙은 소년의 옆에 앉아서 늙은 소년이 바라보는 곳을
함께 바라본다.
박수, 반대쪽을 바라본다.

늙은소년　그리움을 묻어본 적 있나?
늙은소년　드르렁.
박수　할아버지. 한 데서 주무시면 안돼요.
늙은소년　(기지개를 켜며) 아이고, 오늘도 아직 살아 있구나.
박수　예?
늙은소년　살아 있다니까.

발랄한 소녀 하나 나타난다.
객석에서 놀다가 무대로 올라선다.
박수는 짐을 챙겨 자리를 뜬다.
소녀는 잠시 늙은 소년과 스친다. 박수, 그들이 신경 쓰인다.
소녀는 잠시 돌아보지만 다시 나비를 잡으러 뛰어간다.
소녀, 박수를 발견하고 다가온다.
박수에게 장난을 걸어보다가 순간, 눈이 마주친다.

소녀　너, 내가 보이냐?

박수는 못 본 척 지나간다.

소녀는 확인하기 위해 박수를 쫓아다니며 계속 장난을 건다.

다시 눈이 마주치는 둘. 소녀는 확신을 가지고 묻는다.

소녀   너, 내가 보이지?

박수   (딴청을 하며) 아, 아니.

소녀   오오. 영험해. 기운이 좋아.

박수   아니야 오해야.

소녀   너구나. 내 한을 찾아줄 놈.

박수   오해라니까.

소녀   반갑다 박수야.

소녀 달려들려 하면 박수는 염력을 동원해 소녀를 잡는다.

박수   잠까안!!

소녀, 멈춘다.

박수는 그대로 신대를 꺼내 귀신(광대)들을 소환한다.

문이 열리고 각 방향에서 4명의 광대가 등장한다.

소녀는 광대들에게 눈을 뺏긴다.

광대   여기가 어디냐?

바닷바람이 시원하구나.

아, 물비린내.

미륵산 꼭대기까지 쾌청하구나.

신기하고 재밌는 것이 나타났다는 듯 광대들을 따라하는 소녀.

소녀	여기가 어디냐?
	바닷바람이 시원하구나.
	아, 물비린내.
	미륵산 꼭대기까지 쾌청하구나.
광대	저, 길 잃은 소녀는 누구냐?
	그러게? 누구? 뭐야 쟤.
소녀	(광대들을 돌아보며) 너희들 전부 내가 보이냐?

다들 딴청 한다.
소녀 뛰어가 박수에게 달라붙는다.

소녀	박수야. 널 줄 알았어. 니가 정말 내 한을 풀어줄 건가봐!

소녀, 박수를 힘껏 안으면 광대들 겨우 소녀를 떼어놓는다.

소녀	왜?
박수	너, 원한을 못 풀어 승천 못한 혼이냐?
소녀	그래. 근데 한이 뭔지 모르겠어.
광대	뭐라는 거야?
	지 한을 왜 몰라?
	한이란 말이지…
	안쓰럽다.
	억울함과 슬픔이 한데 뭉쳐서…

광대들 쑥덕이다가.

박수	일단 승천시킵시다.

광대	우리가 왜?
	놀러온 거 아냐?
	승천이란 말이지
	원피스도 샀는데
	이룰 승 하늘 천. 33개의…
박수	아니, 누님! 형님! 누이! 자기야! 이러면 제상에 올라가는 게 달라
	져요.

광대들 입을 다문다.

광대	승천시키자.
	그럼, 일단
	먹여보자.
	굶어죽은 귀신이야.

광대들은 소녀에게 먹을 것을 주고 지켜본다.
소녀 먹는다.

박수	나무아미타불 관세음보살

꺼억 트림하는 소녀.

박수	(잠시 지켜보다가) 아니잖아요.
광대	길에서 죽은 귀신인가?

광대들 로드킬을 재현한다.

박수	하늘에 계신 우리 아버지 이름이 거룩히 여김을…

소녀, 벌떡 일어난다.

박수	아닌가봐.
광대	바다에 빠져죽은 귀신인가?

광대들, 심청전을 재현한다.

박수	알리알리 알라리 알리깔리.
광대	청아~

소녀, 물에서 빠져나온다.

박수	아닌가봐.
광대	맞아죽은 귀신인가?

광대들, 격투기를 재현한다.
모두 소녀에게 나가떨어진다.

박수	아닌가봐.
광대	장군도 아니고 시인도 아니고
	옥사도 아니요 병사도 아니고
	도대체 무슨 원한이냐?
소녀	혹시, 사랑 때문에 죽은 처녀귀신?

광대들, 혼례식을 재현한다.

갑자기 깜짝 놀라는 한 광대.

광대들 왜?
광대 못생겼어.

광대들, 장난처럼 도망치다가 얼음땡 놀이로 들어선다.
분주히 돌아다니던 광대들과 소녀 앞에 갑작스레 소년 하나가 튀어나온다.
시간의 문 안에서 갑자기 진공이 찾아온다.
1936년 발개와 천천히 시공간이 겹친다.
소년은 갑자기 방향을 바꾸어 소녀 앞에 멈춰 선다.

소년 얼음!
소녀 넌… 누구야?

작게 얼음, 땡 소리 들려온다.

광대 여기가 어디냐?
박수 1936년 발개. 소녀의 고향.
소녀 넌… 누구야?

소녀를 바라보던 소년은 웃음소리를 남기며 사라진다.
바람소리와 파도소리 들리는 쪽으로 고개를 돌린 소녀, 다가오는 배를 보고 7살의 과거, 1936년 발개로 빠져든다.

첫째 마당

소녀   아버지. 배 들어온다.

광대들   배 들어온다.

광대들 객석으로 뛰어 내려간다.

각 문에서부터 늘어진 그물천을 모아 무대로 향하는 배가 만들어진다.

고기 잡는 어선. 고기잡이 놀이 – 광대들

무대 위에서 소년과 소녀, 바다를 바라본다.

소녀   아버지! 아버지!

소년   오또상! 오또상!

소년의아버지 조합으로 어서 옮겨라.

모두   하이~

소년과 아버지 멀어진다.

짐을 옮기는 사람들.

소녀   아버지!

소년의아버지 오냐. 아버지 왔다.

뱃사람1 딸내미가 아버지 마중왔구만.

궤짝을 지고 옮기는 아버지 옆을 졸졸 따라가는 소녀.

아버지   멸치는 다 널었나?

소녀	벌써 널었지. 시락국도 벌써 끓여놨지.
뱃사람2	아이고 살림 쏠쏠하게 하네.
아버지	7살이나 먹고 그것도 못하면 뭣에 써?
뱃사람3	인자 다 컷네. 이쁘다.
이버지	이쁘기는.

소녀 좋아라한다.

소녀	아부지, 그럼 나도 인제 소학교 가?
아버지	학교 같은 소리헌다.
아버지	언니한테나 가 있어.
소녀	아버지⋯ 나도 소학교.

아버지와 뱃사람들은 칭얼대는 소녀를 뒤로하고 조합으로 사라진다.
실망한 소녀와 아버지에게 알사탕을 받은 소년은 각기 다른 기분으로
스쳐지난다.
하타영감 등장한다. 마을 아이들은 하타영감의 뒤를 쫄래쫄래 따라다니
며 흉내를 낸다.

소녀	하타영감이다. 무서운 하타영감이 마을을 돌아다니면 우린 흉내 를 내며 따라다녔었어.
아이들	하타영감은 마을의 대장 이래라 저래라 잔소리쟁이 엣헴 쿨럭쿨럭 무서운 영감 알사탕 많은 부자영감.

소녀와 멀리서 바라보던 소년도 놀이에 합류한다.

영감의 발걸음을 몰래 흉내내며 낄낄대던 아이들은 하타영감의 호통에
모두 놀라 흩어진다.
소년은 깜짝 놀라 사탕을 떨어뜨리고 주저앉아 운다.
소녀는 소년에게 다가간다.
바라보다가 사탕을 주워 닦아준다.
하타영감은 점방문을 연다.

소녀   니가 아가? 칠칠치 못하고로.

소녀는 언니를 발견한다.

소녀   (반갑게) 언니!

말을 못하는 소녀의 언니는 동생을 만나 반갑다.

소녀   언니, 점방 안가?

언니는 퍼뜩 깨닫고 점방으로 달려간다.
심기가 불편한 하타영감 뒤에서 점방일을 시작한다.
소녀는 점방 밖에서 언니를 기다린다.
언니가 소녀에게 주려고 알사탕 그릇을 몰래 가지고 나선 순간, 아이들
뛰어나와 '알사탕'을 외친다.
아이들에게 알사탕을 파는 언니. 동네아이들 모인다.
소년이 주뼛주뼛 다가서지만 동네 아이들은 소년을 끼워주지 않는다.
아이들은 모두 알사탕을 사서 멀어진다.
아이들이 사라지자 더 이상 남은 사탕이 없다.
언니는 소녀에게 미안하지만 점방주인 하타영감의 눈치가 보여 소녀를

얼른 밀어 보내고 점방으로 돌아간다.

사탕이 없는 소녀는 실망한다.

지켜보던 소년, 다가와 먹던 사탕을 내민다.

사탕을 깨 나눠먹은 둘은 신나게 아이들의 고무줄놀이로 합류한다.

아이들에게 내내 따돌림을 당하던 소년은 소녀의 손에 이끌려 아이들과

어울려 놀게 된다.

고무줄에 썩 재능이 있는 소년.

흐뭇하게 바라보던 소녀.

소녀　　이렇게 해 질 녘까지 놀다가, 아버지랑 언니가 일이 끝나면 좁은

　　　　　바닷가 길을 따라 우리집으로 갈 거야. 그리고 그리고…

박수　　그리고 또?

소녀　　저기.

박수　　저기? 미륵산 꼭대기?

소녀　　응 (소년에게 달려가 손을 잡으며) 가자.

박수　　(광대들에게) 우리도 갑시다.

광대　　어디?

　　　　　미륵산 꼭대기

　　　　　꼭대기? 난 안가.

　　　　　꼭대기란 말이야

　　　　　업어줘

　　　　　꼭과 대기의 합성으로

소년과 소녀는 미륵산 꼭대기로 신나게 올라가고

광대들은 순식간에 산에 올라 사방을 지키는 사천왕이 된다.

소년과 소녀는 해 질 녘까지 신나게 놀고 있다.

소녀	봤지? 넌 이제 나만 따라 다니믄 된다. 알았나?
소년	뭐라는 거야? 맞다. 얘는 말을 못하지.
소녀	근데 오늘은 알사탕은 더 없나?
소년	야, 내가 말 가르쳐줄까?
소녀	뭐라는 거야?
소년	그래, 오늘부터 내가 선생님이야.
소녀	알사탕. 알사탕 몰라? 맛있는 거.
소년	하아, 뭐부터 가르쳐야 되지?
소녀	얘는 바본가?
소년	괜찮아. 선생님이 가르쳐줄게.
소녀	아아, 알사탕이 없어.
소년	진짜야. 슬퍼하지 마.
소녀	그래 너도 매일 먹을 수는 없겠지.
소년	음… 선생님은 8살이야.
소녀	있나? 8개나 있나?
소년	너는 몇 살이야?
소녀	나? 그럼, 7개 나 줄래?
소년	7살이야. 그럼 내가 오빠네.
소녀	진짜 줄기가? 너 착하네. 내 쫄뱅할래?
소년	(으스대며) 그렇게 고마워하지 않아도 됩니다. 학생.
소녀	그래, 그렇게 좋냐?

소년은 양산을 쓴 엄마를 발견한다.

소년	엄마.
소녀	이쁘다아. 안녕하세요.

반대쪽에서 소녀는 아버지를 발견한다.

소녀 아버지.

아버지 니 여기서 뭐하나?

아버지는 소년과 엄마를 발견하고 깊게 허리를 숙여 인사하고 소년의
엄마는 목례한 뒤 각자 소년과 소녀를 데리고 반대쪽으로 나간다.

아이들 또 놀자.

둘이 사라질 때까지 소녀의 머리를 누르며 인사하던 아버지는 한참 후
에 고개를 든다.

아버지 너 쟤가 누군지 아나?

소녀 내 쫄뱅.

혀를 찬 아버지는 더 걸어 바닷가로 내려가 앉는다.

소녀 아버지는 자주 배를 보러갔어… 바닷가에 엎드려서 삭아가는 아
버지의 배를… 아버지는 늙은 배와 무슨 얘기들을 나누었을까?

소녀 배는 바다가 그립대.
아버지는 뭐가 그립지?

소녀, 언니를 발견하고는 다가가 칭얼댄다.

소녀   언니, 아부지 봐라. 또 배만 본다. 나는 친구랑 논다고 막 혼내고… 됐다. 언니는 암것도 모르믄서… (이상한 기분을 느끼고 돌아보며) 언니!

박수 노래 시작한다.

박수   우리집에 왜 왔니 왜 왔니 왜 왔니
꽃 찾으러 왔단다 왔단다 왔단다

아이들 몰려나와 우리집에 왜 왔니 놀이를 시작한다.

무슨꽃을 찾으러 왔느냐 왔느냐
예쁜꽃을 찾으러 왔단다 왔단다.
우리집에 왜 왔니 왜 왔니 왜 왔니
방직공장 일꾼을 찾으러 왔단다
방직공장 가면은 뭐하니 뭐하니
큰돈을 벌 수가 있단다 있단다.
여자들만 갈 수가 있단다 있단다.

소녀 갑자기 달린다. 언니 앞을 가로막는다.

소녀   언니야! 어디가? 나랑 놀자! 빨리 집에 가자. 가지 마. 알사탕 달라고 안 할게. 아부지 말도 잘 듣고, 밥도 잘 묵꼬… 가지 마.

언니는 깊게 숙여 인사하고 돌아선다. 마을 사람들은 전송한다.
아버지는 하염없이 바라본다.
소녀는 귀신으로 돌아와 지쳐 앉는다.

소녀	아, 힘들다. 박수야, 힘들어서 못 하겠다. 승천 안할래.
박수	… 그래. 그럼…

광대들, 그만두고 그들의 수다가 시작된다.

광대들	어디 가서 회나 먹자.
	근데 귀신이 왜 승천을 안 한대?
	젯밥도 못 먹고,
	한데서 자고,
	개한테 쫓기고,
	(작게) 근데 우리 회는 뭘로 먹지? 숭어회, 연어회, 성게비빔밥…
소녀	언니가 내 한일까?
광대들	지랄한다.
	언니가 한이면
	지가 왜 여기 있어?
	벌써 승천했지.
	(작게) 근데 우리 회는 뭘로 먹지? 숭어회, 연어회, 성게비빔밥…
박수	들었지?
소녀	(광대들의 소리를 듣고) 무섭단 말야.
광대들	지랄한다.
	니가 더 무섭다.
	구천을 떠도는 귀신만큼 무서운 게
	어딨냐?
	(작게) 근데 우리 회는 뭘로 먹지? 숭어회, 연어회, 성게비빔밥…
소녀	(광대들의 소리를 듣고) 좀… 쉬운 방법 없어?
광대들	지랄한다.
	쉬운 게 있기야 있지.

우선 도솔천을 건너.

칼침지옥을 건너고,

유황지옥으로 가야지.

근데 거기가 좀 길어요…

그렇지. 아직도 임진왜란 때 죽은 녀석이 타고 있잖아. 아직 팔은
좀 탔나?

근데 우리 회는 뭘로 먹지? 숭어회, 연어회, 성게비빔밥…

소녀　(겁을 먹고) 나 뭐부터 할까?

광대들　맛집을 찾아야지. 그렇지.

박수　가자. (종소리를 낸다)

광대들　어디? 중앙시장?… 어어어어어… 박수야 여기가 아니지.

소용돌이 속에서 소녀는 16이 된다.

둘째 마당

소녀는 풀어헤쳐진 머리를 다시 빗는다.

광대들은 머리를 땋아주고 매무새를 가다듬어주고, 16의 옷을 입혀준다.

박수　1945년 발개.

소녀는 언니가 앉았던 점방에 가서 앉는다.

물건을 정리하고 장부를 정리한다.

마을 사람들 점방을 거쳐간다.

광대들은 연이어 노래를 들려주는 점방의 전축이 된다.

광대들은 노래를 시작한다.

처음 보는 아가씨 등장한다. 처음 보는 양장 차림의 신여성이다.

아가씨는 누군가에게 쫓기듯 주위를 살피며 점방으로 들어선다.

소녀   뭘 드릴까요?

아가씨 레이스장갑 있니?

소녀   그런 건 없는데…

아가씨 그래? 그럼 좀 둘러봐도 될까?

소녀   네.

아가씨는 점방 뒤쪽으로 들어가 주위를 살핀다.

소녀   조선사람이에요?

아가씨 응… 너도?

소녀   네.

아가씨 몇 살이야?

소녀   열여섯.

아가씨 학교에 다니니?

소녀   아뇨. 할 일이 많아요.

아가씨 너 글은 쓸 줄 아니?

소녀   아뇨.

아가씨 야학에 갈래? 내가 가르쳐줄게.

소녀   야학?

호루라기 소리 들린다.

아가씨　　일단 이걸 좀 숨겨줘. 부탁해.

꾸러미를 놓고 사라진다.

다시 호루라기 소리 들린다.

소녀는 꾸러미를 숨긴다.

음악이 바뀐다.

소녀는 담배를 들고 바닷가로 나간다.

흔적만 남은 배 옆에 앉은 아버지의 등을 바라본다.

소녀　　아버지. 담배 사왔어.

아버지　잘했다.

소녀　　들어가자. 시락국 끓여놨어 아버지.

아버지　그래.

소녀는 걸어가는 아버지의 뒷모습을 바라본다.

아버지 사라진다.

음악이 다시 바뀐다.

뱃사람(일)　담배 하나.

뱃사람2　나도.

소녀　　예.

소녀는 다시 점방으로 간다.

소녀, 얼른 담배 하나를 건넨다.

장부를 내밀면 외상을 적고 나간다.

조선 뱃사람 둘이 들어온다.

소녀	오늘은 만선이에요?
뱃사람1	아니 뭔 배가 있어야. 고기를 잡지.
뱃사람2	아이고 돈을 놓고 왔어 아가, 오늘만 외상 좀 안되겠냐?
소녀	에이, 외상은 안돼요.
뱃사람1	언제 조선 사람한테 외상 놓는 것 봤어?
뱃사람2	썩을 아이고 배도 없고 답배도 없고.
소녀	죄송해요 아저씨.
뱃사람1	니가 왜? 됐다.

점방 앞에 잘 차려입은 아가씨가 서 있다.

아가씨	니가 왜 미안해?
소녀	어서 와.
아가씨	맡겼던 물건은 잘 있어?
소녀	(주위를 둘러보고) 여기.
아가씨	오늘 밤이야. 올 거지?

소녀 끄덕인다.

아가씨	가자.
소녀	참, 전축.

전축을 끄고 점방을 정리한 소녀는 아가씨와 함께 걷는다.

아가씨	그래서 우리는 배워야 해. 배워서 또 가르쳐야 해. 우리 모두 잃어 버린 진짜 조선어를 배우고 그 안에 얼을 가져야 해.

야학사람들, 하나둘씩 둘을 따라와서 무리를 지어 앉는다.
가나다로 끝나는 말놀이를 시작한다.
사람들 사이에 가장 열심히 수업에 참여하는 소녀가 있다.

아가씨　오늘은 가로 끝나는 말을 배워볼까요? 가가가자로 끝나는 말은?

소녀　애국가!

광대들　어데 가?

　　　밭에 가?

　　　난 안가.

　　　술 한 잔 하러 가?

아가씨　네… 찬송가… 국가… 처럼 단어로 끝나는 말들로 더 찾아볼까
요? 이번엔 '나' 예요.

　　　나나나자로 끝나는 말은?

소녀　별 하나!

광대들　문디가스나!

　　　그나저나…

　　　니 멸치는 널었나?

　　　한 잔 하나?

아가씨　네… '다' 자를 해볼까요? 다다다자로 끝나는 말은?

소녀　통영 앞바다!

광대들　지랄한다.

　　　맞다!

　　　내는 니 멸치 너는 걸 몬봤다.

　　　한 잔하면 생각날끼다.

아가씨　잘한다… (쓴 웃음) 라라라자로 끝나는 말은?

소녀　우리나라!

광대들　좋은나라!

우리나라 좋은나라~~~

아가씨 우리나라 좋은 나라… (자기한테 빠져든다) 이 땅의 주인은 우리입
니다. 빼앗긴 우리나라 아름다운 우리나라를 되찾아야 합니다. 일
본이 큰 전쟁을 계속하면서 더 많은 병사들을 징집할 거고 더 많
은 위안부들을 끌고 갈 거예요. 나쁜 새끼들. 하지만 반드시 끝날
겁니다. 우리 모두 정신 차리고 그날을 준비합시다. 해방의 그날
을 위해! 대한독립만세. (깨어나며) 어머… 제가 좀 너무 집중했네
요. 오늘은 여기까지 하겠습니다. 수고하셨습니다.

광대들 (서둘러서) 네. 고생하셨습니다.

소녀 안녕히 계세요.

사람들은 다시 움직이며 와글와글 떠들며 헤어진다.

아가씨 자, 선물. 문학은 때론 많은 것을 변화시켜.

아가씨는 소녀에게 책을 선물한다.

소녀 윤동주?

소녀는 책을 들고 신나게 나간다.
사람들과 다른 방향으로 가다가 박수한테 잡힌다.

박수 어디 가?

소녀 나? 살롱!

박수 자… 살롱 (피리를 분다)

광대들 아~~~~

봄 아가씨, 가슴에 꽃이 피고
봄 아가씨 한숨에 달이 지네.

창문 너머로 노래하는 가수와 춤추는 댄스홀이 보인다.
망설이던 소녀는 댄스홀로 들어선다. 모두 어울려 춤춘다.
소년, 함께 춤추다 사라진다.
괴물이 불어대는 호루라기 소리를 신호로 모두 멈춘다.

소녀	그만. (둘러보다가) 뭔가 빠졌어.
광대들	뭐?
소녀	뭔가 이상해. 뭔가를 잊었어. 박수야. 다시 해.
박수	다시?
광대들	뭘 다시?
	난 못해
	다시란
	맨 처음부터?
	소고기 다시와 멸치 다시가 있는데 개인적으로는 멸치 다시가…

박수 피리를 불어 둘째 마당의 처음으로 돌아간다.

셋째 마당

둘째마당의 첫 장면이 빠르게 지나간다. 점방에 도착한 마지막 여인이 갑자기 다른 말을 시작한다.

어머니 한 땀만 떠주세요. 한 땀만 부탁드려요.
소녀 센닌바리. 천인침. 붉은 실로 천명이 한 땀씩 꿰매어 만들면 총탄이 피해가는 부적이 된대.
소녀 저도 떠드릴게요.

다른 사람이 다시 외친다.

여인 한 땀만 떠주세요. 남편을 위해서 한 땀만.

또 다른 여인이 다시 외친다.

여인2 한 땀만 떠주세요. 아들을 위해서 한 땀만.

소녀는 주변을 둘러보다가 기억을 되짚는다.

소녀 아버지!

아버지를 맡은 광대는 급히 아버지의 모습으로 분한다.

소녀 아가씨!

아가씨를 맡은 광대가 급히 분한다.

아가씨 야학에 갈래?

사람들 급히 야학으로 몰려갔다가 헤어진다.

소녀 다시 기억을 멈춘다.

소녀	이게 아냐. 누군가 빠졌어.
박수	누구?
광대	아가씨?
	하타?
	엄마?
	언니?
	아버지?
소녀	아냐. 내 친구. 어디 갔지? 내 친구 어딨어?
광대	어딨어?
	그걸 왜 나한테 물어?
	친구?
	친구란 말이야 가까이 두고 사귄

박수의 종소리로 소녀의 친구를 찾는 술래잡기가 시작된다.

꼭꼭 숨어라. 머리카락 보일라.

찾았니?

아니

꼭꼭 숨어라. 머리카락 보일라.

찾았니?

아니

소녀가 광대들 사이를 헤집고 다니며 친구를 찾을 때, 소년 들어와 놀이
에 합류한다.

소녀의 눈을 가린다.

소녀	너 누구야?
소년	(장난치듯) 오빠야.
소녀	찾았다.

소년을 돌아본 소녀는 다시 과거의 기억으로 빠져든다.

소녀	오래 기다렸어?
소년	오늘은 뭘 배웠어?
소녀	별 하나에 추억과, 별 하나에 사랑과, 별 하나에.
소년	별 하나에 쓸쓸함과 별 하나에 동경과 별 하나에 시와.
소녀	별 하나에 어머니.
소년	어머니.
소녀	아버지, 언니.
소년	좋은 시야.
소녀	조선의 시를 알아?
소년	윤동주는 인기가 좋아. 자, 선물.

소년은 소녀에게 윤동주의 시집을 건넨다.
소녀, 책을 바라보다가,

소녀	그래, 윤동주.
소년	아름다운 것들은 어디서든 알아보게 마련이야.
소녀	아름다운 것들. 뭐가 아름다운데?
소년	시, 사람, 사랑, 삶.
소녀	(큭큭대며 웃는다)

소년	웃지 마.
소녀	음, 너 되게 시인 같다. 시인이 되고 싶어?
소년	그럴지도. 너는?
소녀	점방주인!
소년	점방주인?
소녀	응.
소년	알사탕 실컷 먹으려구?
소녀	어떻게 알았지?
소년	(웃는다)
소녀	아가씨처럼 예쁜 옷도 입고, 싸롱에서 춤도 춰야지.
소년	(어이없다는 듯) 싸롱?
소녀	싸롱 몰라? 멋진 음악이 나오고, 사람들이 막…
소년	알았어 알았어.

둘은 장난치듯 웃는다.

소년	야학은 재미있어?
소녀	재밌어. 근데 잘 모르겠어. 선생님은 늘 전쟁과 독립에 대해 얘기해. 일본인들만 많은 걸 가진 세상은 이상한 거래.
소년	나도 그건 이상하다고 생각해. 뭘 어떻게 해야 할지 모르겠지만.
소녀	학교에선 뭘 배워? 시?
소년	요즘은 모두 군사훈련만 해.
소녀	재미없겠다.
소년	응, 재미없어.
소녀	언니한테 편지가 오지 않아. 공장에서 일하던 사람들을 남태평양의 위안소로 보낸다는 얘길 들었어. 사실일까?

소녀는 소년의 옷에 묻은 붉은 실을 발견한다.

소녀 세닌바리의 붉은실.
소년 아버지가 징집되셨어.

소녀는 붉은 실을 엮어 실뜨기를 시작한다.

소년 점점 더 많은 사람들이 전쟁터로 가고 있어. 남자든 여자든. 아이
든 노인이든.
소녀 너도 가게 될까?
소년 왜 내가 어디 갈까 무섭냐? 짜식.
소녀 어쭈 쫄뱅.

둘은 마주보고 웃는다.

소년 뱃소리가 많이 줄었어.
소녀 배들도 전쟁터로 가고 있구나.
소년 이제 우리 집에는 배가 한 척도 남지 않았어.
소녀 마을 사람들이 일할 곳이 더 줄어들겠구나.
소녀 전쟁은 정말 싫다. (실뜨기를 멈추며) 그만하자 재미없다.

소년은 일어나서 댄스홀의 파트너처럼 정중하게 손을 내민다.
소녀는 소년의 손을 잡고 일어선다.
둘은 어설픈 스텝을 밟으며 춤을 춘다.

소년 언니는 아무 일 없을 거야.
소녀 아버지는 꼭 돌아 오실 거야.

둘이 마주보고 웃을 때, 소녀, 갑자기 말한다.

소녀   (갑자기 멈추며) 그만. 우리 지금 가야 돼.
소년   뭐?

불량스런 일본 학생들과 마주친다.

학생   조센징여자 아냐.
          앤 뭐야?
          너는 일본인 아냐?
소녀   죄송합니다.
소년   니가 왜 미안해? 가자.
학생   너는 뭐야? 조선편이다 이거야?
          조선편이야 일본 편이야? 정해.
소년   친구들 잠깐만. 내가 꼭 하고 싶은 말이 있어. 너희들도 알다시피 우리는 다 같은 황국의 신민이야. 잠깐 우리 이 시를 한번 같이 들어보자. (진지하게 시를 읊는 동안 소년의 뒤에서 소녀가 학생들을 제압하고 쫓아낸다)

나는 세상을 바라본다.
루돌프 슈타이너
나는 세상을 바라본다.
그 안에는 태양이 비치고 있고
그 안에는 별들이 빛나며
그 안에는 돌들이 놓여져 있다.

그리고 그 안에는

식물들이 생기 있게 자라고 있고
동물들이 사이좋게 거닐고 있고
바로 그 안에
인간이 생명을 갖고 살고 있다.

일본학생들은 무리를 더해서 쫓아오고 소년과 소녀는 손을 잡고 달린다.
골목에 다다른 소년과 소녀는 벽의 그림자에 몸을 포개어 숨긴다.
뒤따르던 학생들은 어느새 광대가 되어 둘의 모습을 흥미롭게 바라본다.
소녀, 기억에서 빠져나온다.

광대   오오~
소녀   아니야. 우리 뽀뽀한 거 아냐.
광대   뽀뽀란 말이야 혀와 혀가 만나서…
소녀   아니라니까. 우린 숨었어.
박수   어디로?
소녀   살롱!

음악소리 커지며 주변은 댄스홀로 바뀐다.
배 들어오는 소리 섞인다.

소리   전쟁에 참여하세요.

춤추기 시작하는 사람들.
소년과 소녀와 아가씨는 댄스홀에서 만난다.
한사람 벌떡 일어나서 소리친다.

시인   전쟁에 참여하세요.

다른 사람 일어나 아가씨에게 간다.

아가씨　　닭다리잡고.
운반원　　삐약삐약.

아가씨는 운반원에게 폭탄을 건넨다.

아가씨　　상해까지 잘 부탁합니다.
운반원　　폭탄.
아가씨　　성능은 걱정 마세요.
운반원　　폭탄.
아가씨　　동지, 꼭 살아서 돌아오세요.

시인　　잠깐, 너희 뭐야?

음악이 끊긴다.
시한폭탄 소리 들려온다.

운반원　　전, 전쟁에 참여하세요.

음악 다시 높아지며 폭탄은 돌고 돈다.
댄스홀은 아수라장이 된다.
마지막 폭탄을 손에 든 아가씨.
카운트다운이 시작된다.
마침내 폭탄이 터진다.

아가씨　　전쟁이 끝났대.

사람들 의아해 할 때, 천황의 라디오 방송 흘러나온다.

시인   천황이 항복했대? 만세!

사람들, 만세를 부른다.

소년   전쟁이 끝났다.
소녀   그렇게 너무도 갑자기 해방이 되었다.

소년과 소녀는 함께 기뻐하다가 아버지와 어머니를 떠올리고 서둘러 나
간다.
광대들은 지쳐서 눕는다.
소녀가 아버지에게 달려 나간다.
소녀는 지친 광대들 사이에서 하타 영감을 발견한다.

소녀   하타영감님. 전쟁이 끝났대요 만세!

박수는 하타영감이 되어 함께 만세 한다.
널브러진 광대들은 마지못해 다시 합류한다.
하타영감은 어두운 밤, 몰래 짐을 사서 도망을 친다.

광대   하타영감은 바보 멍청이
아무도 모르게 짐을 옮기네
소리도 없이 밤배를 타고
사부작사부작 도망을 친다.

하타영감이 되어 사라지는 박수를 보며 광대들 떠든다.

광대	쟤 어디가?
	설마
	퇴장?
	그럼 우리도?
	퇴장.

넷째 마당

광대들 무대에서 사라지자마자 박수 들어와 다시 외친다.

박수	배 나간다.

광대들 다시 끌려 나와 객석으로 달려간다.
소녀와 소년은 배들을 전송한다.

소녀	아버지 잘 다녀와.
소년	다녀오세요.

어이차 어이차 어이차
해방이다 해방 어이차
떠났던 얼굴들 어이차
웃으며 돌아와라 어이차
떠났던 배들은 어이차

만선으로 돌아와라 어이차

소녀와 소년은 배들을 전송한다.
둘은 바다를 향해 외친다.

소녀 아버지가 돌아오면 뭐할 거야?

소년 배를 다시 살 거야.

소녀 언니가 돌아오면 뭐할 거야?

소녀 시락국 끓여서 언니랑 아버지랑 배터지게 먹을 거야.

소녀 넌 안 갈 거지?

소녀 그럼. 어머니랑 여기서 아버지가 돌아오실 때까지 기다릴 거야.

소녀 그래, 나랑 발개에서 계속 살자!

사람들 배 들어온다.

음악 끝난다.
사람들이 배를 묶을 동안 박수 등장한다.

광대들 수고했어.

소녀 고기는 많이 잡혔어요?

광대 멸치가 미어터져
개네도 해방된 걸 아나봐
껄껄껄
바람도 부니 기분이 좋다
아니 그럼 어떻게 할까? 막걸리라도 한잔할까?

박수 그걸로 되겠어?

광대 그럼 하늘의 영노라도 불러서 놀아볼까?

박수	좋지. 오랜만에 오광대 놀음으로 신명나게 놀아보자구.
광대들	그러자 그러자.
박수	자, 다들 모이세요.

관객들과 주거니 받거니 하는 동안 광대들은 관객을 한 명씩 데리고 무대에 오른다.
마을 사람들 모여든다. 소년과 소녀도 모여든다.
무대에 사람들 모이면 박수, 놀이를 시작한다.
이렇게 다들 모였으니 풍악을 울려라.

광대	우리가 풍악이 어딨냐? 이놈아 우리는 주둥아리밖에 없다 이놈아.
박수	이렇게 다들 모였으니 풍악을 울려라.
남자	우리한테 풍악이 어딨냐? 우리한테는 주둥이밖에 없다.

사람들은 악기소리를 흉내 내며 박자를 맞춘다.

박수	자, 이제 모두 영노를 불러봅시다. 이놈 영노야~
사람들	이놈 영노야.

박수는 삐비 하는 이상한 소리를 내며 영노가 된다.

영노	나야, 하늘 살던 영노시다. 여기에 사는 못된 놈들의 행태가 나빠서 잡아먹으러 내려 왔는데, 못된 놈을 아흔아홉을 잡아먹고 이제 하나를 잡아먹어 백을 채우면 하늘로 승천해 올라간다. 그럼, 어디 못된 놈을 찾아볼까?
영노	니가 못된 놈이냐?
사람	나는 아니다.

영노　　그럼 니가 못된 놈이냐? 니가 못된 놈이로구나.

사람　　아니다. 나는 아니다. 허니 다른 놈을 잡아먹어라

영노　　어떤놈?

사람　　미국놈?

영노　　미국놈.

사람　　소련놈?

영노　　소련놈.

사람　　조선놈?

영노　　조선놈. 에이. 미국놈은 냄새나서 못먹고 소련놈은 더러워서 못먹고 조선놈은 짜서 못먹고 일본놈을 잡아먹어야겠구나. 니가 일본놈이냐?

사람　　나는 일본놈이 아니다.

영노　　그럼 누가 일본놈이냐? 너냐?

사람　　아니다.

영노　　너냐?

사람　　아니다. 일본놈은 배타고 나가서 돌아오지 않는다.

영노　　그럼 니가 일본놈이구나.

사람　　아니다 일본놈들은 송환선 타러 부산으로 갔다. 거기 가서 찾아봐라.

영노　　멀리 갈 필요 있느냐 여기서 냄새가 난다. 냄새가 나. (소년에게 가서) 니가 일본놈이로구나.

소녀　　아니다! 얜 내 친구다.

영노　　누가 일본놈이냐?

영노는 일본놈을 하나 끌어낸다.

영노　　너구나. 요놈.

일본	나는 아니다.
영노	입이 비뚤어졌으니 일본놈이다.
일본	아니다. 이건 입이 나온 거지. 비뚤어진 게 아니다.
영노	그럼 살이 통통한 걸 보니 일본놈이로구나.
일본	아니다. 이건 어제 짜게 먹어서 부은 거다.
영노	그럼 돈이 많아 보이니 일본놈이구나.
일본	아니다. 난 어제 가산을 모두 팔아 빈털터리다.
영노	가산을 왜 다 팔았느냐?
일본	그야 송환선을 타려고 그랬지.
영노	송환선을 타고 어디로 가려고 했느냐?
일본	그야 당연히 일본으로 가려고!

사람들 웃는다.

영노	니가 바로 내가 찾던 일본놈이구나.
일본	걸음아 날 살려라.
영노	잡아라.
일본	아이고.
영노	잡아라.
일본	아이고.

도망치는 일본놈은 사람들을 일으켜 세우고, 다함께 관객석으로 내려가 잡기 놀이가 한참이다.
한참 소리 높여 놀던 관객은 소리를 죽여 작고 낮은 소리로 잡아라를 연호하기 시작한다.
소년과 소녀는 무대 쪽으로 밀려간다.
잡아라 소리가 계속되는 가운데 무대로 소년의 어머니가 나타나 소년을 잡고 도망친다.

곧, 소녀의 아버지도 소녀를 잡아끈다.

소년과 소녀는 억지로 멀어진다.

소년과 어머니는 점점 더해지는 압박 속에 도망친다.

소녀는 아버지에게로 매달린다.

소녀　　아버지. 부탁이야.

아버지　…

소녀　　아버지.

아버지　…

소녀　　아버지. 제발.

아버지　…

소녀　　아버지는 할 수 있잖아.

아버지　…

소녀　　아버지 제발, 내 친구를 살려줘. 바다 건너 제일 가까운 일본 땅에
　　　　내려줘.

아버지가 결심한 듯 배를 풀면, 소녀, 소년에게로 달려간다.

소년의 어머니는 꼭 쥐고 있던 양산을 소녀에게 내민다.

어머니　고맙습니다. 고맙습니다.

세 사람을 실은 배가 떠나간다.

소녀는 양산을 활짝 펴고 떠나는 배를 향해 손 흔든다.

소녀　　내일 해 질 녘쯤이면 돌아오겠지?

아버지　(무겁게 고개를 끄덕인다)

소녀	저 꼭대기에서 보고 있을께 아버지. 빨리 와.
아버지	(다시 고개를 끄덕인다)
소녀	배 나간다.
소년	꼭 돌아올게.
소녀	얼른 같이 놀아 다시.
소년	꼭 돌아올게. 고향으로.
소녀	기다릴게. 고향에서.

아버지와 소년을 실은 배가 멀어진다.

소녀는 끝까지 바다를 쳐다보다가, 걷다가 뒤돌아보고 걷다가 뒤돌아보기를 반복한다.

소녀는 가끔 소리가 나는 바다를 돌아보다가, 멍하니 바라보다가를 반복한다.

소녀	무궁화 꽃이 피었습니다
	무궁화 꽃이 피었습니다
	무궁화 꽃이 피었습니다

소녀의 노랫소리에 광대들 놀이를 하듯 소녀에게로 다가간다.

소녀, 배를 발견한다.

소녀	배 들어온다!

불길한 바람이 분다.

바람이 세어진다. 양산을 들고 있기가 힘들어진다.

멀리서 배가 들어온다.

광대들 바다를 바라본다.

소녀 아버지! 아버지! (손 흔들며) 여기에요 아버지!

바람 세차게 불며 양산 날아간다.

번개가 친다.

박수 바람이 거세지고
천둥번개가 하늘을 울리고
태풍이 불어온다.
멀리서 보이던 쌍돛이 너울거리다가
파도에 파도로 세차게 밀어붙이다가
한순간 쾅!
조각 조각난 배가 파도에 휩쓸려 간다
찢겨 날리는 돛이 소용돌이친다
파도에 휩쓸려 사라져버린다

소녀 아버지!

천둥소리 나고 일어서는 소녀를 광대들이 지켜본다.
소녀는 소리도 못 지르고 몸부림친다.
바람이 거세져 소녀가 마음대로 움직일 수 없다.
천둥번개가 소녀의 울음소리인양 거세다.
소녀는 오열하다 쓰러진다.
암전.

다섯째 마당

무대에 따스한 빛이 비추면, 소녀의 자리에 양산 보인다.
소녀는 양산 뒤에서 스르륵 일어나 주변을 걷는다.

소녀 나는 그 후로도 50년을 더 살았어 아버지.
결혼도 했고 아이도 낳았고 다른 사람들처럼 그렇게 눈앞의 삶을
살았어. 하지만 정말은 그날… 아버지 미안해. 잘못했어 아버지.
너무 죄송해서 아버지. 제상 한 번 차리지 못하고 매번 와서 술만
뿌렸어. 티도 안 나고 소용도 없게 바다에 술만 부었어. 화낼 아버
지가 없어서, 꾸짖을 아버지가 없어서, 용서해줄 아버지가 없어서
나는 빌지도 못했어.

늙은 소년 천천히 등장해 소녀의 양산 앞에 선다.

소녀 누구?

늙은 소년은 말이 없다.

소녀 할아버지, 남의 무덤에서 뭐해요?
소년 순례야. 소녀야.

소녀 돌아본다.
서서히 일어나 마주보는 동안 늙은 소년은 17살이 된다.

소녀   나가노 소년. 나가노 히로시.

소년   나는 계속 돌아오고 싶었어. 많은 사람들이 고향으로 돌아오고 싶
         어했어. 난 몇 번인가 여기서 멍하니 해변에 앉아있다 갔어. 널 만
         나고 싶었는데 숨어버린 널 찾을 수는 없었어.

소녀는 계속 미소 지으며 소년을 바라본다.

소년   순례야. 어디 있었어?

소녀   여기에 계속 있었어. 아버지를 기다리고 너를 기다리면서 이 바위
         에 계속 앉아 있었어.

소년   미안하다. 미안해. 나는 몰랐어 아무것도. 몰라서 미안하다.

소녀   너 때문이 아니야. 니가 잘못한 게 아냐. 그 한마디를 못해줘서 미
         안했어. (소년을 안는다) 너 때문도 나 때문도 아니야. 넌 고향을 떠
         나기 싫었고, 난 다 같이 고향에 살고 싶었고, 그 뿐이었는데…

소년   많이 외로웠지?

소녀   넌 나 없어서 심심했지?

소년   나랑 같이 가자.

광대들   순례야 놀자 .

광대들 배천을 들고 등장한다.

소녀   찾았다.

숨었던 광대들 일어나서 소녀와 인사한다.

박수   좋아. 이제 진짜 갑시다.

소녀   고맙다 박수야.

박수　　배 나간다.

　　　　　소년과 소녀는 배를 가르며 나아간다.

소녀　　박수야 고맙다.
광대　　애는 우리가 다 썼는데 왜 애한테만 고마워해?

　　　　　소녀 깊숙이 허리 숙여 인사한다.

광대들　배 떠난다.

　　　　　배천과 소년 소녀 사라진다.
　　　　　커튼콜.
　　　　　소년과 소녀를 보낸 광대들은 회를 먹으러 떠난다.
　　　　　박수는 종을 울려 광대들을 다시 소환한다.
　　　　　소년의 영혼 등장한다.

소년　　너희들 내가 보여?

　　　　　광대들 괴로워한다.
　　　　　차례로 인사하고 모두들 '순례야 놀자'를 외친다.
　　　　　소녀 인사한다.
　　　　　모두 떠나고 박수는 신대를 뽑아 퇴장한다.

　　　　　막.

덩이

— 원작/장영석, 작/김선율, 연출/장창석 —

공연기간 : 2017년 7. 7(금) 19:30
공연장소 : 통영시민문화회관 대극장
단체명 : 극단 벅수골
출연진 : 장철 役_이규성 / 해옥 役_김현수 / 길삼 役_조승희 /
어구양반 役_박승규 / 산양댁 役_진애숙 / 최씨 役_하지웅 / 강씨 및 왜군1 役_강동수 /
박씨 및 왜군2 役_김준원
제작진 : 원작_장영석 / 작가_김선율 / 대표 및 연출_장창석 / 기획 및 조연출_제상아 /
홍보 및 마케팅_이상철 / 무대디자인 및 제작_황지선 / 무대크루_하경철, 김동진 /
기술총감독_이금철 / 조명디자인 및 감독_임종훈 / 조명크루_김지아, 전형욱 /
음악작곡 및 감독_김효동 / 음향크루_정희경 / 분장_이지원 / 의상_김채희 /
소품_양 현 / 진행_유순천, 최운용, 정만국, 김정란

장철 – 한센병 환자 / 남 30대 초반
해옥 – 소철의 부인, 만삭 임산부 / 여 20대 후반
길삼 – 장철의 친구 / 남 30대 초반
어구양반 – 길삼의 아버지 / 남 50대 중반
산양댁 – 장철과 소철의 어머니 / 여 50대 초반

최씨 – 남 40대 초반
강씨 – 남 30대 후반
박씨 – 남 30대 중반
왜군1
왜군2

최씨부인 – 여 40대 중반
덩이 – 남 8

■ 시간
1592년
당포해전 그 며칠 전
통영 야소골

■ 무대
극은 마을의 아랫담에 있는 산양댁 집 앞에서 이루어진다. 윗담으로
가는 길목에 우물과 빨래를 할 수 있는 정도의 공간이 있고, 윗담 너
머로 아직 꽃이 피지 않은 고로쇠나무 숲이 보인다.
마을의 남자들은 모두 야장(대장장이)이다.

프롤로그

'까앙- 까앙- 까앙-' 쇠메소리 들린다.
조명 밝아지면 대장간에서 풀무, 쇠메질을 하는 사내들의 모습 보인다.
쇠메소리와 함께

<M1. 야장의 노래>
울려라. 울려라. 하늘을 울리어라.
불러라. 불러라. 장이여 노래하라.

화로에 불빛이 사라지면
저승의 아비가 눈을 뜨고
칼끝의 생명이 흐려지면
땅위의 자식이 눈을 감네.

우물가에서 빨래를 하던 아낙들 함께 노래한다.

울려라. 울려라. 하늘을 울리어라.
불러라. 불러라. 장이여 노래하라.

쇠메에 하늘빛 반사하여
어두운 밤바다 밝혀주니
아침과 저녁이 무엇이고
천민과 양반이 무엇인가

울려라. 울려라. 하늘을 울리어라.
불러라. 불러라. 장이여 노래하라.

'치이이익─' 점화용 화약에 불을 붙이는 소리 길게 들린다.

모두   …?

천천히 움직임을 멈추는 사람들

사이.

'탕'

조명 사라지고 조총 소리의 울림만 남는다.

1장

우물가에서 손을 씻는 어구양반 보인다.
손에 묻은 핏자국을 한참 씻고.

어구양반   지워지지도 않네.

어구양반 일어나 길을 따라 내려가면.

산양댁 집 앞

볏짚에 덮여있는 시신 한 구.

마을 사람들 앉아있거나 서성이고 있다.

강씨　　(최씨에게) 이제 어쩝니까?

최씨　　…

강씨　　길삼이한테 무슨 수가 있나?

박씨　　그놈이 그런 게 어디 있겠소.

강씨　　나서지 않아도 될 놈이 움직인 데는 이유가 있지 않겠어?

박씨　　주워 먹을 게 보였나 보지요.

어구양반　　(우물가에서 내려와 해옥에게) 상 치른 지 얼마 되지도 않았는데 안
됐소.

해옥　　…

강씨　　(어구양반에게) 이제 어쩝니까?

어구양반　　별 다른 수가 있나.

강씨　　그럼…

박씨　　왜놈들 밥까지 떠먹여주잔 말씀입니까?

어구양반　　아들이 잡혀있네.

박씨　　스스로 간 거지요.

어구양반　　길삼이가 불쌍하지도 않나?

박씨　　저기 누운 소철이가 더 불쌍합니다.

어구양반　　조총 무서운 줄 모르고 덤벼드니 그런 게지. 자네들도 목숨 줄 놓
고 싶지 않으면 시키는 대로 하는 게 좋을 걸세.

박씨　　할 사람은 하면 되는 거지요.

어구양반　　한두 사람으로 될 거였으면 이리 모였겠나? 마을 전체가 힘을 합
쳐도 시일을 맞출까 말까네.

박씨　　우릴 찌를 칼을 우리 손으로 만들어 바치는 게 말이 됩니까.

어구양반	자네는 자네 처가 죽어야 정신 차릴 텐가?
박씨	뭐라 하셨소.
강씨	박가야.
박씨	나는 왜놈의 개로는 못 삽니다. (강씨에게) 안 그렇소. 형님?
강씨	…
최씨	우리 딸이 이제 세 돌이네. 마흔 넘어 겨우 생긴 자식이야. 딸자식만 무사히 돌아온다면 왜놈의 개가 아니라 개밥그릇도 될 수 있네.
박씨	형님.
최씨	제수씨 안 데려올 건가?
박씨	… (강씨에게) 형님.
강씨	…
박씨	벌써 결정하신 겁니까.
어구양반	두 번 말하게 하지 말게. 자네 부인을 생각해.
해옥	왜놈들은 원하는 걸 줘도 인질을 돌려보내지 않는다 들었습니다.
강씨	게 무슨 말입니까?
해옥	빨랫감을 찾으러 저 아래까지 갔었습니다. 우리 마을이 깊이 있어 왜놈들이 이제야 찾은 거라더군요. 왜놈 때문에 불 탄 마을은 손으로 셀 수 없고 약탈과 총질은 끝이 없다 하더이다.
강씨	돌려보내지 않을 거면 왜 데려간단 말이오?
해옥	원하는 것을 차지하는 것만 알겠지요. 원하는 걸 얻고 나면 인질들은 그 자리에서…
최씨	그만 하시게.
강씨	아이고 여보. 이를 어찌하면 좋소. 여보…
어구양반	…
산양댁	(문을 열며) 아가.
해옥	어머니. 더 누워 계시지 않고…

산양댁	나 좀 잡아다오.

산양댁, 해옥의 부축을 받으며 마루로 나오는데

어구양반	대체 조상에게 죄를 얼마나 지은 거요! 썩은 문둥이 놈. 지 애비 잡아먹은 것도 모자라 마을까지 이 모양으로 만들어?
박씨	(어구양반에게) 어르신.
산양댁	우리 집 양반이 그렇게 된 게 장철이 때문입니까?
어구양반	그럼 내 얘길 듣고 쓰러졌으니 내 탓이라 이거요? 문둥이 놈 죽을 때 내가 흙으로 덮어주고 유품까지 챙겨⋯
산양댁	죽긴 누가 죽었단⋯!
해옥	어머니.
어구양반	칼에 찔려도 살만한 가 보오.
최씨	그만 하시지요.
산양댁	여보시게들. 우리가 왜놈에게 혼을 팔면 조상님 얼굴은 어찌 보고 자식에게 무얼 가르치겠나.
어구양반	마을 부녀자에 걸음마도 못 뗀 애들까지 깡그리 끌려간 마당에 혼이 다 무슨 소용인가. 자네 며느리는 운 좋게 예 앉았으니 그런 소릴 하는 게지.
산양댁	아들이 저기 누웠소. 어미보다 먼저 가는 불효에 눈도 감지 못했지만 부끄럽지 않게 살았으니 조상께서 눈을 감겨줄 겁니다. 나 또한 아들을 만나면 잘했노라 할 거요.
어구양반	곧 죽을 몸이면 나도 그리 말할 수 있겠네.
산양댁	부끄럽지도 않습니까.
어구양반	자식을 못 지키는 게 더 부끄러운 일이지. 자네처럼.
산양댁	⋯
최씨	왜놈에게 혼을 팔면 자식에게 무얼 가르쳐야할지 고민이지만, 자

식이 죽으면 아무것도 가르칠 수 없습니다.

강씨　우리가 입을 다물면 자식 놈이 어찌 알겠습니까.

박씨　조금만 더 생각해 보십시다. 무기를 바쳤는데 처자식까지 다 죽이면 어찌합니까.

어구양반　길삼이가 마을을 구할 거네.

강씨　길삼이요?

어구양반　아들이 나와 장을 떠돌며 왜놈 말을 조금 배웠다네. 날 때부터 눈치가 빠르고 언변이 뛰어났으니 분명 그들을 설득할 수 있을 걸세.

강씨　왜놈에게 무어라 말을 하긴 하던데…

최씨　(어구양반에게) 그래서 따라나선 거랍니까?

어구양반　그 이유 말고는 없지.

강씨　그럼 길삼이를 기다릴까요?

어구양반　어리석은 소리. 우리가 무기를 만들어야 길삼이가 할 말이 있지 않겠나.

박씨　결국 무기를 바치자는 말이지 않습니까.

어구양반　당장 무기를 만들지 않으면 누가 죽을지 모르네.

산양댁　왜 아무도 싸우겠다는 말은 하지 않는가!

강씨　… 싸운다고요?

산양댁　비천하게는 살아도 야장의 혼은 잃지 말라했거늘. 무기를 만드니 마니 하는 어쭙잖은 다툼뿐이라니. 한심하구먼.

최씨　…

어구양반　조총 한 방에 마을이 이 지경이 됐네. 제 아무리 단단한 칼과 창이라 해도 바로 부숴 질 걸세.

최씨　왜놈 수가 얼마나 됐지?

박씨　그리 많지는 않았지요.

강씨　총에 불을 붙이는 데 시간이 꽤나 걸리던데…

어구양반 시간이 아무리 걸려도 한 번은 쏠 테지. 누가 앞설 텐가? 자네? 자네인가?

강씨 저는…

어구양반 화살촉을 만들 줄만 알았지 제대로 쏘아 본 적도 없는 사람들이 대체 무슨 수로 싸워 이긴단 말인가. 떼 죽임을 당할 것이네. 우리가 죽어 버리면 잡혀간 사람들은 말할 것도 없지.

산양댁 내가 앞장서지.

어구양반 무책임한 소리! 자네는 오늘이나 잘 넘기시게. (모두에게) 딴 생각은 마시게들. 믿을 건 길삼이 뿐이야. 자칫 잘 못 했다간…

'쿵'

모두 ?

박씨 형님.

최씨 들었네.

'까강깡깡' 쇠메 떨어지는 소리

최씨 누구냐?

검은 그림자 후다닥 지나가는데

박씨 거기 서라!

마을 사람들 그림자를 붙잡아 무릎을 꿇린다.
객석을 등지고 앉아 관객은 그림자–장철의 얼굴을 보지 못한다.

장철	⋯
어구양반	왜군이 보낸 자인가?
장철	아닙니다.
어구양반	그럼 왜 숨어있었나?
장철	⋯ 길을 잃어 예까지 왔는데 좋지 않은 말이 들려 움직이지 못했습니다.
박씨	길을 잃어?
장철	네.
최씨	얼굴은 왜 가리었소?
장철	⋯
어구양반	붕대를 풀어보게.
장철	⋯
어구양반	얼굴을 보이라 했네.
장철	보내주십시오.
산양댁	장철이냐?
장철	⋯
강씨	장철이?

마을 사람들 일제히 장철에게서 떨어진다.

강씨	어르신⋯
어구양반	그럴 리가 없네.
산양댁	소철아. 니 형이 널 보러왔구나. 일어나 인사드려야지 게 누워 무얼 하느냐.
어구양반	할멈이 죽을 때가 되니 노망이 났나 보구먼.
박씨	어르신.
어구양반	내 장철이가 죽는 것을 두 눈으로 똑똑히 보았다 하지 않았나!

최씨	한데 왜 이자에게서 멀리 떨어져 계십니까.
어구양반	…
산양댁	장철아. 에미가 너를 버린 죄로 지아비를 잃고 남은 아들도 잃었구나.
장철	…
강씨	(장철에게) 금가가 맞소?
어구양반	(장철에게) 네 이놈! 네 놈이 더러운 문둥병을 앓고 있다면 절대 살아남지 못할 것이다.
장철	어르신…
어구양반	감히 누구한테 어르신이…
장철	어구 어르신!
어구양반	…
장철	입을 다물겠습니다. 몸을 숨기겠습니다. 죽은 자처럼 숨소리조차 내지 않겠습니다. 부디… 부디 어머니 임종만 지켜볼 수 있게 허락해주십시오.

사이.

강씨	… 이제 어쩝니까?

2장

우물에서 물을 퍼 담는 해옥.

그 옆에 강씨.

강씨   이번 달이 산달이지요?

해옥   네.

강씨   걱정 안 됩니까?

해옥   …

강씨   왜놈도 왜놈이지만 이러다 팔자에도 없는 문둥병이라도 옮으면…

해옥   곳간에만 계시는데 별일이야 있겠습니까.

강씨   산양댁은 좀 어떻소?

해옥   곧 일어나실 겁니다.

강씨   그럼 장철이는…

박씨   (우물가로 내려오며) 형님. 일찍 나오셨소.

강씨   꿈자리가 사나워 잘 수가 있어야지.

박씨   좀 살펴보셨습니까?

강씨   … 형님은?

박씨   모르겠습니다.

해옥 힘겹게 물통을 든다.

박씨   이리 주시오.

해옥   괜찮습니다.

박씨   (물통을 들어주며) 부뚜막으로 가면 되지요?

박씨 길을 따라 내려가면 해옥과 강씨 뒤 따른다.

강씨   (해옥에게) 국거리는 있소?

해옥   이른 밥이니 죽을 쑬까 합니다.

박씨   몸도 무거운데 사람들 끼니까지 챙기랴 고생이 많습니다.

산양댁 집 앞.
볏짚에 덮여있는 시신 한 구.
최씨와 어구양반, 산양댁 앉아있다.

강씨   형님 예 계셨구려.
최씨   강가야…
박씨   (볏짚을 보며) 염습한다고 하지 않았습니까?
산양댁 …
해옥   (박씨에게) 주십시오.

해옥 물통을 받아들고 부뚜막으로 가는데.

강씨   (해옥에게) 너물 있으면 너물밥이 좋겠소.
해옥   네.

해옥 부뚜막으로 들어가면

박씨   손이 모자라 못했습니까?
산양댁 소철이는 잘 씻겨 눕혀두었네.
박씨   그럼…
강씨   장철입니까?
산양댁 …
어구양반 내 한시가 급하다고 몇 번을 말했나.
강씨   그게 무슨…

길삼, 산양댁 곳간 쪽에서 나오며.

길삼   뭬! 문둥이 놈 쫓겨났으면 독 뿌리라도 먹고 뒈질 것이지.

강씨   길삼아.

길삼   형님!

강씨   무사했구나.

박씨   어떻게 온 게냐? 혼자 왔느냐?

길삼   …

최씨   강가야.

강씨   ?

길삼   (볏짚을 바라보며) 면목 없습니다.

강씨   …

강씨 볏짚으로 가 시신의 얼굴을 확인하고 주저앉는다.

어구양반   하루에 한 명씩 죽인다는구먼.

길삼   당장 무기를 만들지 않으면 내일 또 누가 죽을지 모릅니다.

박씨   (길삼의 멱살을 잡으며) 형수를 죽게 내버려둔 게냐?

어구양반   그 손 놓게. 버린다는 시신을 들쳐 메고 예까지 걸어 온 사람일세.

강씨   여보… 여보…

박씨   … (멱살을 놓는다)

길삼   저는 뭐 목숨이 여러 갠 줄 아십니까.

박씨   … 다른 사람들은?

최씨   아직은 무사하다네.

어구양반   (강씨 부인을 보고) 저기가 첫 번째지.

강씨   길삼이… 네 놈… 네 놈이 그런 게지!

길삼에게 달려드는 강씨를 말리는 최씨와 박씨.

최씨   강가야!

박씨   형님.

강씨   살려내라! 불쌍한 내 안사람 살려내란 말이다!

길삼   형님은 형수님 말고 다른 사람이 죽었으면 좋겠습니까?

강씨   뭐?

최씨   길삼아.

어구양반   누군가는 당했을 일이네. 안 됐지만 자네부인의 명이 다한 거라고 생각하게.

강씨   …

길삼   형님 마음 모르는 거 아닙니다. 문둥이도 저리 명이 긴데 건강하던 형수님이 가셨으니 그 마음이 어떻겠습니까.

어구양반   딱 죽은 모양새였는데 숨이 붙어 있을 줄이야. 명이 길어도 여간 긴 게 아니야.

산양댁   도둑도 할 말은 있다더니.

어구양반   장철이 놈 명 긴 건 유전인가 보오.

길삼   이만 움직이시지요. 우물쭈물 할 때가 아닙니다.

산양댁   왜놈들 있는 곳이 어디냐? 걸어온 걸 보면 그리 멀지는 않을 테지.

어구양반   자네는 자네 고집에 사람들이 다 죽어야 속이 시원하겠나?

산양댁   그럼 그놈들을 내버려두잔 말이요?

길삼   안 그래도 줄초상 치를 판입니다.

산양댁   기어코 놈들 손에 무기까지 쥐어주겠다?

강씨   (길삼에게) 거기가 어디냐?

길삼   형님.

강씨   앞장서라.

길삼   형님이야 죽어도 그만이지만 남은 사람들은 아닙니다.

강씨	앞장서라.
길삼	괜히 왜놈들 심기 건드려서 좋을 거 없습니다.
강씨	앞장서라했다!
최씨	강가야. 진정해라.
강씨	진정이요? 형님이면 진정할 수 있겠소? 형님 딸이 칼에 갈가리 찢겨 돌아왔다고 생각해보시오!
최씨	(강씨 멱살을 잡으며) 이놈이!
강씨	치시오.
산양댁	그만하게.
강씨	치란 말이오!
최씨	… (멱살을 놓는다)
강씨	치시오. 이 못난 놈을 치란 말이오.
최씨	… 미안하다.
길삼	왜놈의 머리가 저한테 마을을 시찰하라 했습니다. 무기가 아주 잘 만들어지고 있다고 보고하면 인질들을 죽이지 않을 것이오.
박씨	그 말을 어찌 믿나.
길삼	그럼? 안 믿을 겁니까?
박씨	…
길삼	왜놈들이 말을 잘 알아먹습디다. 어제는 글쎄, 몇 놈들이 아녀자들을 끌고 가 능욕하려지 않겠습니까? 제가 앞을 막고 말했지요. 자네들이 그리하면 아녀자들 모두가 바다로 뛰어들 것이고 무기는커녕 못 하나 받을 수 없을 것이네.
어구양반	훌륭하구나.
길삼	제가 마을을 구하겠습니다.
산양댁	왜놈의 개가 마을을 구한다?
길삼	왜놈도 왜놈이지만 제 심기도 안 건드는 게 좋을 겁니다.
산양댁	개가 아니라 왜놈이 되었구나.

길삼	…
최씨	칼과 창이라 했나?
길삼	각 오십 자루에 화살 10포대입니다.
박씨	화살까지? 사람이 몇이나 된다고…
길삼	그러니 빨리 움직여야지요.
최씨	쇠가 한참 부족하네.
어구양반	농기구에 가마솥까지 다 녹여야지.
박씨	그렇다 하더라도 양이 너무 많습니다.
최씨	길삼아 니가 가서…
산양댁	결정한 건가?
박씨	…
산양댁	최씨.
최씨	(박씨에게) 쇳덩이부터 모으지.
박씨	네.
산양댁	…
최씨	(길삼에게) 양을 줄여줄 수 있는지 꼭 좀 물어봐다오.
길삼	그러지요.

최씨 걸어가면 박씨 최씨를 따라 나간다.
부뚜막에서 상을 내오는 해옥.

해옥	어머니.
길삼	어이.
해옥	(산양댁 앞에 상을 놓으며) 식사 하시지요.
어구양반	우리 밥은 집으로 가져 오거라.
해옥	네.

어구양반 돌아서는데.

길삼	해옥이 손맛을 다 보는구나.
산양댁	어디서 함부로 이름을 올리는 게냐.
길삼	해옥이한테 해옥이라 하는 게 잘못입니까?
산양댁	이놈이 그래도! 아…
해옥	어머니…
길삼	내 금새 가야하니 빨리 가져오시오.

길삼 어구양반을 따라 나간다.

해옥	죽 한 술 뜨시면 기운이 나실 겁니다.
산양댁	입맛이 없구나.
해옥	어제부터 종일 굶으셨습니다.
산양댁	나만 그런 것도 아니지. 난 괜찮으니 우리 손주 먹이거라.
해옥	손주가 할머니 볼 날만 기다립니다.
산양댁	… (숟가락을 든다)

해옥 일어나 강씨에게.

해옥	식사 내오겠습니다.
강씨	됐소이다.
산양댁	강씨.
해옥	… (부뚜막으로 들어간다)
강씨	부인 따라 가렵니다.
산양댁	… 한 명이 죽어야 한다면 자기가 죽겠다 했다더군. 살아 있어도 살아있지 못한 이가 있고 죽어도 죽은 게 아닌 이가 있네. 우리 대

신 간 걸세. 부인의 죽음을 헛되게 하지 말게나.

강씨 …

해옥 (식사를 내오며) 기운을 내셔야 상도 치르시지요.

강씨 …

강씨 일어나 상 앞에 앉는다.

강씨 … 너물밥이구려.

해옥 네.

강씨 … 맛있겠소.

산양댁 …

강씨 젠장할…

산양댁 아가.

해옥 네.

산양댁 곳간에 밥을 가져다 줄 수 있겠니?

해옥 곳간에요?

'까앙–'
'까앙– 까앙–' 쇠메소리 들린다.

해옥 …

3장

장철   (목소리) 울려라. 울려라. 하늘을 울리어라.
                불러라. 불러라. 장이여. 노래하라…

조명 들어오면 늦은 밤.
우물가에서 등을 돌리고 몸을 씻는 장철 보인다.

장철   …

해옥   (우물가로 올라와) 옷을 가져왔습니다.

장철   고맙소.

해옥   …

장철   들어가시지요.

해옥   … (옷을 놓고 돌아서는데)

장철   밥 맛있게 잘 먹었습니다. 따뜻한 밥이 몇 년 만인지.

해옥   … 내일 또 드시지요.

장철   … 미안합니다.

해옥   …

해옥 물을 퍼 장철의 대야에 담아준다.

장철   괜찮습니다.

해옥   아버님 장 치르실 때도 오셨지요?

장철   …

해옥   봄이면 산너물을 놓고 가시고 가을엔 열매를 겨울엔 땔감을 놓고 가셨지요.

장철 천으로 손을 잘 감쌌으니 병이 옮을까 염려는 하지 않으셔도 됩니다.

해옥 …

장철 미안합니다.

해옥 야장실력이 뛰어나시다 들었습니다.

장철 야소골 모두가 훌륭하지요. 오죽하면 나라님께 무기를 올렸겠습니까.

해옥 …

장철 지금은 상황이 달라졌지만.

해옥 편히 갈아입으시지요.

장철 미안합니다.

해옥 길을 따라 내려가면.
산양댁 집 앞.
산양댁 볏짚 위에 앉아있다.

산양댁 …

해옥 어머니. 거기서 무얼 하시는 겁니까.

산양댁 …

해옥 (산양댁을 일으키며) 일어나세요.

산양댁 여보.

해옥 …

산양댁 지키지 못했습니다. 야장의 신념을 붙잡지 못했습니다. 부디 저를 용서치 마십시오.

해옥 어머니.

산양댁 아가.

해옥	들어가 쉬시지요.
산양댁	우리 착한 며늘아기. 내 너를 두고 어찌 가야하니.
해옥	그런 말씀 마세요.
산양댁	여보. 우리 며느리 좀 돌봐주시오. 배불러 지아비를 잃고 저까지 가버리면 혼자 어찌 살까요.
장철	(산양댁을 발견하고) 어머니.
산양댁	… 장철이냐?
장철	네 어머니.
산양댁	몸이 이리 깨끗한 걸 보니 병이 다 나은 게냐?
장철	… 그렇습니다.
산양댁	다행이구나. 다행이야… 어미 죄를 씻어주려 온 게냐?
장철	어머니가 무슨 죄가 있다 그러십니까.
산양댁	우리 집의 비극은 우리가 인간답지 않은 짓을 한 그때부터였다. 내가 너를 버린 그때부터…
장철	저 스스로 나간 겁니다.
산양댁	그 또한 내 죄다. (해옥에게) 아가.
해옥	네.
산양댁	덩이가 어떻게 살 것인가는 니가 만드는 게다.
해옥	… 기억하겠습니다.
산양댁	그래. (해옥의 배를 만지며) 덩아… 할미가 너를 안아주지도 못하는 구나.
해옥	…
산양댁	장철아.
장철	네 어머니.
산양댁	니가 며늘아기 좀 돌봐주련?
장철	네?
산양댁	니 조카가 나올 날이 얼마 남지 않았다.

장철	… 그러겠습니다.
산양댁	고맙구나.
해옥	이만 일어나셔요.
산양댁	잠시만… 이렇게 잠시만 눈을 감으마.
장철	어머니.
산양댁	…

산양댁 앉은 채로 눈을 감는다.

장철	어머니?
해옥	어머니… (배를 잡으며) 아…
장철	왜 그러십니까?
해옥	아…
장철	(가까이 가지 못하고) 괜찮습니까?
해옥	아… 아!
장철	여기… 여기 좀 도와주시오. (달려 나가며) 형님! 어르신! 여기 좀 봐주시오! 형님!
해옥	아…

4장

낄낄낄…
어구양반 웃음소리 들린다.

조명 들어오면 우물에서 두레박을 끌어 올리는 어구양반.
그 옆에 궤짝 하나.

어구양반   ?

우물 안을 살피고.

어구양반   물이 언제 이렇게 줄었지?

물을 마시려다 궤짝을 보고, 두레박을 내려놓는다.

어구양반   (궤짝을 열려다) … 아니지. (웃음이 터진다) 안 될 일이지.

궤짝을 품에 안고 집으로 향하는 어구양반.
'툭'
어구양반의 걸음에 두레박 넘어진다.
어구양반 나간다.
두레박에 담겨 있던 물이 흐른다.

5장

산양댁 집 앞에 앉아있는 길삼.

길삼   …

아시가루[1]의 진가사[2]를 만지작거린다.
장철은 볏짚 위에 무릎을 꿇고 있다.

장철   …

장철 고개를 들려하는데

길삼   병균 날린다.
장철   … (고개를 숙이고) 어머님은 내 손으로 묻게 해주게.
길삼   조카가 문둥병 달고 나올까 무섭지도 않냐?
장철   …

부뚜막에서 상을 내오는 해옥.

길삼   몸도 안 좋은데 고생 했구나.
해옥   … (장철을 바라본다)
길삼   이제 문둥이 놈 볼 일은 없을 테니 걱정 말거라. (진가사를 놓고) 이
         오라버니가 널 잘 보살펴주마.
해옥   오라버니라니요.
길삼   내 너보다 나이가 많으니 오라버니지. (상을 잡으며) 내가 가져가마.
해옥   (손을 놓는다)

장철을 바라보는 해옥.

---

1) 일본 보병
2) 전투모 : 삿갓의 일종

길삼　　… 인사는 해야겠지. 위험하니 가까이 가진 말거라.

길삼 상을 들고 어구양반의 집으로 향한다.

장철　　…

해옥　　가시는 겁니까?

장철　　…

해옥　　아주버님.

장철　　미안합니다.

해옥　　…

장철　　덩이가 병에 걸릴까 두렵습니다.

해옥　　… 그러십니까.

장철　　봄이면 너물을 캐고 가을엔 열매를 따겠소. 내 덩이를 위해…

해옥　　덩이를 위해 숨으신단 말이지요. 너물이니 열매니 없어도 그만입니다.

장철　　내 제수가 산통에 아파할 때 아무 것도 못하는 문둥입니다.

해옥　　이제 가시면 들리지 마십시오.

장철　　…

해옥　　식사 내오겠습니다.

해옥 부뚜막으로 들어간다.

장철　　…

화살이 든 포대를 들고 내려오는 최씨와 박씨

박씨　　(걸음을 멈추고) 형님. 저기.

최씨	(장철을 보며) 아직 안 갔나 보네.
박씨	길삼이가 안 보이는데요?
최씨	(장철을 부른다) 금가야.
장철	…
박씨	자… 장철아.
길삼	(나오며) 게 서서 뭐하십니까?
박씨	이놈아. 놀랬지 않냐.
길삼	(포대를 보고) 뭐요. 겨우 두 포대요?
박씨	겨우?
길삼	하나는 반도 안 찬 것 같습니다?
최씨	딸아이는?
길삼	장담할 수 없겠는데요.
최씨	뭐?

길삼 산양댁 집 쪽으로 향하면, 최씨와 박씨 장철을 주의하며 길삼 뒤를
따른다.

길삼	이 속도로 시일을 맞출 수나 있겠습니까?
박씨	밥 한 술 안 먹고 잠 한 숨 안 잤네. 이게 최선이야.
길삼	그리 전하지요.
박씨	손이 부족한 걸 어찌하나.
길삼	그리 전하지요.
최씨	길삼이. 잘 좀 부탁하네.
길삼	저라고 인질 아닙니까?
박씨	강씨 형님은 허공만 바라보고 어구어르신은 풀무질 한 번에 허리 아프시다 누워계신다. 시일을 조금만 늦춰주면…
길삼	왜놈들 성질이 보통이어야지요.

최씨	길삼아.
길사	볏짚 위에 쌓아두시지요.
최씨	…
박씨	…
길삼	뭣들 하십니까.
박씨	(장철에게) 비켜라.
장철	…
박씨	비키라고 했다.

최씨, 장철 옆으로 가 포대를 내려놓는다.

박씨	형님.
최씨	금가야… 우리 좀 도와줘라.
장철	?
최씨	손 빠르기나 견고하기로 너만한 야장이 없지 않느냐. 니가 손을 보태주기만 하면…
길삼	(웃는다) 문둥이가 만든 칼을 나를 수나 있겠습니까?
최씨	… 내 알아서 하겠네.
박씨	장철이라면 시일을 맞출 수 있을 것이네.
길삼	… 왜놈들이 알면 우릴 죽일 겁니다.
박씨	우리가 말하지 않으면 어찌 알겠나.
길삼	나는 죽기 싫소이다.
박씨	…
최씨	자네 몰래 한 걸로 하지.
길삼	… (박씨를 쳐다본다)
박씨	그러지.
길삼	…

박씨 포대에서 화살을 하나 꺼내는 길삼.

길삼   (화살을 보며) 장철이 따라가려면 한참 멀었구나.

박씨   뭐라?

길삼   얼굴 펴십시오. 형님이 늘 하던 말이잖습니까.

박씨   …

길삼 화살촉으로 장철의 고개를 들게 한다.

장철   …

관객은 이제야 장철의 얼굴을 또렷이 보게 된다.

길삼   쇠메로 니 얼굴도 펼 수 있으면 좋을 텐데.

장철   …

길삼   그 몸으로 풀무나 당길 수 있겠냐?

장철   …

해옥 부뚜막에서 상을 내오다가

해옥   뭐하시는 겁니까.

길삼   ?

해옥   거두십시오.

길삼   이 문둥이 놈이 형님들을 도와 칼을 만든다고 하는데 니 생각은
어떠냐?

해옥   (장철을 바라보면)

장철   …

길삼	(장철에게) 어머니를 묻게 해 달라 했지?
장철	…
길삼	빌어 보거라.
해옥	그만하시지요.
장철	구나…
길삼	뭐라?
장철	신이라도 된 듯 우쭐 거리는구나.
길삼	…
장철	왜놈을 위해서는 무엇도 만들지 않을 것이다.
최씨	금가야.
장철	(길삼에게) 그러려고 세워진 야장간이 아니다.
길삼	얼굴은 썩었어도 입은 살았구나.
해옥	말씀이 심하십니다.
길삼	(최씨와 박씨에게) 왜놈한텐 반 정도 완성 됐다 전하겠습니다. 삼일 뒤에 무기를 거둘 수 있게 준비 하시지요. (진가사를 쓴다)
박씨	삼일이라니. 약속한 시간보다 더…
길삼	노닥거릴 시간 있습니까?
최씨	아무리 그래도 삼일은…
길삼	마른 걸레도 죽어라 쥐어짜면 물이 나오는 법입니다. (장철에게) 이제 그 문드러진 얼굴 볼 일 없게 해라. (등 뒤로 화살을 던지며) 퉤.

길삼 나간다.

장철	…
최씨	금가야…
장철	…
최씨	면목 없구나.

182

박씨	… 부디 몸조심해라.

최씨와 박씨 나간다.

장철	…

장철 자리에서 일어나려다 휘청거린다.

해옥	괜찮으십니까?
장철	…

바닥에 떨어진 화살을 바라보는 장철.

장철	…
해옥	아주버님…
장철	덩이가 어떻게 살 것인가는 내가 만든다 하셨지요.

장철 걸음을 옮겨 화살을 줍는다.

해옥	… 싸우실 겁니까?
장철	부끄러운 얼굴이 될 바에는 뉘우침으로 문드러진 얼굴이 낫지 않겠소?
해옥	… 함께 하겠습니다.
장철	위험한 일은 안 됩니다.
해옥	아주버님.
장철	덩이를 위해섭니다.
해옥	…

장철 인질을 안전한 곳으로 옮기는 게 먼저겠지요.

해옥 잡혀 있는 곳이 그리 멀지 않다 들었습니다.

장철 지형을 알면 분명 방법이 생길 겁니다. 내 길삼이를 쫓아 왜놈들이 있는 곳을 알아내겠소.

해옥 눈치가 빠른 사람이니 조심하셔야 합니다.

장철 아직 삼일이라는 시간이 남아있으니…

강씨목소리 싸운다고?

사이.

장철 형님…

강씨 (나오며) 길삼이 놈이 알면 가만있지 않을 텐데?

해옥 …

장철이 들고 있는 화살을 뺏는 강씨.

강씨 모두 인질들 살리겠다고 죽어라 쇠메질이네.

장철 … 살릴 겁니다.

강씨 자네도 칼을 만들어야하지 않겠나?

장철 왜놈들을 위해서는…

강씨 왜놈을 찌를 칼 말일세.

장철 네?

강씨 (미소 짓는다)

장철 형님.

강씨 (해옥에게) 제수씨.

해옥 네?

강씨 밥 좀 남았소?

6장

산양댁 집 앞.
볏짚 위 화살이 담긴 포대 두 대.

강씨　(어설프게 칼을 휘두르며) 에잇! 에잇! 에이잇!
해옥　…
강씨　어떻소?
해옥　칼을 거꾸로 잡으셨습니다.
강씨　… (칼을 칼집에 넣는다)
해옥　창은 어떠십니까?
강씨　(칼을 놓고 창을 찌르며) 이얏! 이야앗! (해옥을 쳐다보면)
해옥　…
강씨　싸움이라고는 돌팔매질밖에 해 본 적이 없으니.
해옥　돌을 잘 던지시면 활도 잘 쏘실 겁니다.
강씨　그럴까요?

강씨 두리번거리다 돌을 하나 줍는다.
어느 한 곳을 노려보고 신중하게 돌을 던지는데

해옥　?

고요하다.

강씨　나 같은 놈은…

어구양반목소리 누구냐?

놀란 강씨와 해옥 칼과 창을 숨긴다.
어구양반 나온다.

강씨 (우는 척을 하며) 여보…

해옥 (강씨를 따라하며) 여보…

어구양반 이러다 마을이 무덤이 되겠구먼. (해옥에게) 예 두 사람 말고는 없
었소?

해옥 … 네?

어구양반 (뒤통수를 만지며) 분명 맞았는데…

강씨 활이로구나…

어구양반 뭐라?

강씨 아… 여보…

어구양반 대체 언제까지 이러고 있을 건가? 가서 풀무라도 당겨야지.

강씨 짝이 안 맞잖습니까…

어구양반 … (해옥에게) 자네가 같이 하게나.

해옥 네?

강씨 제수씨는 장 치를 준비하기도 바쁜데…

어구양반 염습도 마쳤고 입관도 이틀 된데 무슨 준비를 한단 말인가.

해옥 …

강씨 혹 다치기라도 하면…

어구양반 뭐 그리 힘든 일이라고.

박씨목소리 (강씨를 부른다) 형님!

강씨 ?

최씨와 박씨 포대를 들고 내려온다.

최씨	어르신.
어구양반	…
강씨	(포대를 보며) 쉬지도 않고 한 게냐?
박씨	이러다 우리가 먼저 죽겠습니다.
어구양반	(허리를 잡고 마루에 누우며) 아이고…

최씨와 박씨 들고 온 포대를 볏짚 위에 쌓는다.

최씨	(어구양반에게) 움직이실 만 하면 같이 하시지요.
어구양반	나이가 많아 잘 낫지도 않는구먼.
박씨	쇠메도 아니고 풀무 좀 당겨주시면 되는데…
어구양반	짝이 안 맞지 않나.
박씨	…
최씨	(강씨를 쳐다본다)
강씨	… (고개를 돌린다)
최씨	자네 처가 떠났으니 다른 사람은 상관없다 이건가?
강씨	무슨 말을 그렇게 하십니까…
최씨	우리 꼴 좀 보게!
강씨	…
박씨	아무도 돕지 않으면 이틀 안에 어림도 없습니다.
어구양반	(해옥을 보며) 저기가 같이 한다네.
강씨	어르신.
어구양반	(해옥에게) 그러지 않았나?
박씨	말이 되는 소리 좀 하십시오.
어구양반	버르장머리하고는. 말이 되는 소리? 게 어른한테 할 소린가?
박씨	제가 틀린 말 했습니까?
강씨	박가야…

어구양반	죽어야지… 이런 일 안 당하려면 일찍 죽어야지…
해옥	어르신. 들어가 쉬시지요.
어구양반	… 걱정은 자네뿐이구먼. 그럼 (일어서며) 부탁하네.
강씨	어르신.
어구양반	?
강씨	… 부디 몸조심하십시오.

어구양반 나간다.

최씨	…
박씨	길삼이한테 한 번 더 말해볼까요?
최씨	일거리만 더 늘어날 걸세.
박씨	…
최씨	가세.
박씨	(강씨에게) 진짜 안 도울 겁니까?
강씨	내 돕는다 해도 이틀은 무리지.
박씨	힘을 모으면 될 수도 있잖습니까. 곧 죽어도 하는데까지는 해봐야지요.
해옥	싸우시지요.
박씨	네?
해옥	그 힘이면 싸울 수 있습니다.
박씨	무슨…
최씨	(박씨에게) 가세.
해옥	어찌 그리 순순히 받아들이십니까. 화도 안 나십니까?
최씨	… 왜 안 나겠소.
해옥	뿌리치셔야지요. 스스로 구해내야지요.
최씨	말이 쉽습니다.

강씨	쉽지요. 저는 싸울 겁니다.
박씨	네?

'쿨럭 쿨럭'
기침소리 들린다.

모두	?

입가에 묻은 피를 닦으며 들어오는 장철.
피와 멍으로 얼룩진 모습이다.

해옥	아주버님!
장철	(가까이 오려는 해옥을 막으며) 괜찮습니다.
박씨	떠난 게 아니었냐?
강씨	들킨 게냐?
장철	어딜요. 숨는 건 제가 도사라고 했잖습니까.
해옥	그럼 어디서 다치신 겁니까?
장철	오는 길에 옆 마을 사람들 눈에 띄어 이리 됐습니다.
해옥	네?
장철	문둥이라 매질을 당했습니다.
해옥	…
최씨	괜찮으냐?
장철	형님. (박씨에게) 형님.
최씨, 박씨	?
장철	인질들이 잡혀있는 곳을 알아냈습니다.
최씨	뭐?
장철	길삼이 뒤를 쫓았습니다. 모두 무사하더군요.

강씨	다행이구먼. 다행이야.
박씨	…
최씨	세 사람. 무슨 꿍꿍이가 있나본데 거기서 그만하게.
박씨	(장철에게) 들키기라도 하면 어쩌려고 그랬나.
장철	…
최씨	(박씨에게) 가세.

최씨 돌아서는데.

장철	왜놈들이 해전을 벌일 모양입니다.
박씨	뭐?
강씨	전쟁을 일으킨단 말이냐?
장철	(포대를 가리키며) 저 화살이 우리 병사들 가슴에 박힐 겁니다.
박씨	전쟁이라니…
최씨	무기를 만들라는 게 그런 뜻이지 않겠나.
강씨	계속 만들겠단 말입니까?
최씨	그럼 가족을 버려야겠나?
강씨	…
장철	구할 수 있습니다. 해전 때문인지 대부분이 떠나고 무기를 챙길 몇 놈만 남았더군요. 눈에 보이지 않았던 놈까지 쳐도 열 명이 안 될 겁니다.
최씨	조총을 든 열 명이지.
장철	배고픈 문둥이에게 총을 들이대진 않을 겁니다. 두 놈이 곳간 앞에서 인질을 살피는데, 제가 구걸을 하며 주위를 끌겠습니다. 그 사이에…
최씨	실패하면 다 죽는 거네.
장철	형님.

최씨	듣고 싶지 않다.
장철	…
박씨	장철아. 니가 손을 보태 무기를 같이 만드는 게 어떠냐? 그래도 안전한 길을 선택하는 게…
강씨	우릴 찌를 칼을 우리 손으로 만들잔 말이냐?
박씨	…
최씨	뭐라 해도 인질을 위험에 빠뜨릴 순 없네.
장철	성공할 겁니다.
최씨	인질을 구하고 나면 내가 앞장서서 왜놈을 죽일 것이네. 해전에 뛰어들 것이야. 내 딸을 무사히 구하고 나면.
장철	딸을 왜놈의 개로 만드실 생각입니까?
최씨	뭐?
장철	어디서 구하는 겁니까? 형님 딸을 어디서 구해야 옳은 겁니까? 아버지가 왜놈 밑에 살면 자식도 벗어날 수 없다는 걸 알잖습니까. … 제대로 살게 해줘야지요. 우리보다 더 나은 삶을 살게 해야지요. 그러려면. 우리가 제대로 살아야지요.

쇠메소리 들린다.
아주 먼 곳에서 들리는 소리 같다.

최씨	…
해옥	저는… 우리 덩이가 저를 떠올렸을 때 웃음 짓기를 바랍니다.

M1. 야장의 노래(Inst)

최씨	…
강씨	기왕 죽는 거 의미 있게 죽읍시다. … 제 부인처럼.

박씨	(강씨에게) 형님…
최씨	나는…
해옥	…
최씨	나도… 우리 딸아이가 나를 떠올리며 웃었으면 좋겠네.
장철	…
해옥	분명 그럴 겁니다.

사이.

음악소리 커지며 조명 변한다.
'톡'
'톡. 톡…'
강씨가 던졌던 돌이 땅에 떨어진다.
어구양반 보인다.

| 어구양반 | … 뒤통수를 치겠다? |

7장

산양댁 집 앞.

| 해옥 | … |

최씨 강씨 박씨 각각 창과 활과 칼을 진지하게 보고 있다.

박씨   (칼집에서 칼을 뽑으며) 으아아!

강씨   (화살 통을 떨어뜨린다)

최씨   이놈아. 간 떨어질 뻔했다.

박씨   … 형님.

최씨   왜?

박씨   칼이 너무 날카롭습니다.

해옥   …

최씨   고맙구나.

해옥   ?

강씨   형님이 두들긴 거요?

최씨   아직 실력이 녹슬지 않았지?

박씨   (칼집에 칼을 넣고) 그게 아니라…

최씨   자네 창도 아주 훌륭하네.

박씨   (기뻐하며) 고맙습니다.

해옥   그만 집에들 가셔야지요.

사이.

최씨   그래야지.

강씨   당장 내일 밤이라 생각하니 졸리지도 않습니다.

해옥   조금이라도 쉬셔야지요.

박씨   것보다…

강씨   만들기만 하다 휘두르려니 영 그렇지?

박씨   누굴 해쳐봤었어야지요.

해옥   해치는 게 아니라 지키는 겁니다.

최씨	그렇지.
박씨	그렇죠.

사이.

해옥	후우…

사이.

해옥	(박씨에게) 쥐 보십시오.
박씨	(들고 있는 칼을 치우며) 위험하네.
해옥	쥐 보십시오. (칼을 잡는다)
박씨	위험하다니… (칼을 뺏긴다)
강씨	제수씨…
해옥	휘두르는 게 뭐 별거라고. (칼을 꺼낸다)
최씨	조… 조심하시오.
해옥	에이이이잇!
모두	으악!
해옥	에잇!
모두	?
해옥	얏! 에잇!

사이.

강씨	자세가 괜찮은데요?
해옥	(칼을 들고 다가오며) 그렇습니까?
강씨	칼! 칼칼.

해옥	아… (칼집의 앞뒤를 살펴보며 조심히 칼을 넣는다)
최씨	(박씨에게) 너보다 낫다.
박씨	예에?
최씨	아무래도 덩이가 무사가 될 모양이오.
해옥	그럴까요?
박씨	(해옥에게) 쥐 보시오.

박씨 해옥에게 칼을 받아,

박씨	(눈을 잘 뜨지 못하며) 에잇. 에잇! 에이!
최씨	…
박씨	어떻습니까?
최씨	(해옥에게) 자네가 낫네.
박씨	… (강씨를 쳐다보면)
강씨	화살을 이렇게… (활에 화살을 걸치는데)
최씨	(창을 들며) 그래. 뭐 별거라고!
모두	?
최씨	(창을 찌르며) 얏! 이야앗!
강씨	나 참. 형님. 엉덩이를 그리 내밀면 힘이 실립니까?
최씨	… (엉덩이를 넣고) 얏! 야앗!
박씨	(웃는다) 형님은 해전이 터져도 가지 마십시오.
최씨	뭐?
박씨	그게 나라를 구하는 길입니다.
최씨	이놈이! (박씨에게 달려가면)
박씨	(도망치며) 제수씨. 형님 좀 잡아주시오. 제수씨!
최씨	게 안 서냐?
강씨	형님. 엉덩이를 넣고 달리셔야죠.

최씨	이놈들이!
해옥	(웃는다)

최씨 엉덩이를 넣고 달린다.
모두 웃는다.
최씨 웃는다.

8장

길삼	(목소리, 속삭이듯) 울려라. 울려라. 하늘을 울리어라.
	불러라. 불러라. 장이여. 노래하라…

조명 들어오면 우물에서 물을 푸는 해옥.
옆에 잘 개어진 옷 한 벌 놓여있다.
장철 위에서 내려오면.

해옥	어떻습니까?
장철	바위가 물길을 막고 있더군요.
해옥	바위요?
장철	동이 트면 다시 살펴봐야겠습니다.
해옥	(두레박을 내려놓으며) 얼굴은 씻으실 수 있을 겁니다.
장철	고맙소.

장철 물에 비친 자신을 바라본다.

장철　어두워서 그런지 문둥이처럼 보이지가 않네요.

해옥　많이 좋아지셨습니다.

장철　쇠메질에 몸살을 앓아도 우물물 한 바가지면 힘이 솟고, 오래 누운 사람도 물 한 모금에 벌떡 일어나 산을 탄다 했지요. 이 물이 하늘의 물이라는 게 어쩌면 정말일 수도 있겠습니다.

해옥　다친 곳은 괜찮으십니까?

장철　그럼요.

해옥　놀라셨겠습니다.

장철　익숙한 일인 걸요.

해옥　매질이요?

장철　… 처음 맞았을 때는 서러움에 눈물이 핑 돌더군요. 몸이 흉측한 게 무슨 잘못이길래 이리 맞아야 하나… 나라고 이렇게 되고 싶어 된 것도 아닌데 말이지요.

해옥　… 어쩌다 앓으신 겁니까?

장철　이유라도 알면 이리 답답하진 않을 테지요.

사이.

해옥　한 번은 만나 뵙고 싶었습니다.

장철　?

해옥　일 년을 기다렸잖습니까.

사이.

장철　갑자기 떠나게 되어 사과도 못 드렸네요.

해옥	그저 궁금했습니다. 무슨 연유로 혼례를 미루는지.
장철	…
해옥	집안끼리의 약속이라 혼례를 치르긴 했지만.
장철	이리 잔인하게 엇갈린 걸 보면 저희는 부부가 될 연이 아니었나 봅니다.
해옥	…

장철 품에서 단검을 꺼낸다.

장철	제수씨 겁니다.

단검을 옷으로 닦아 바닥에 놓고 한 발 물러서며

장철	쓸 일이 없으면 좋겠지만 혹시 모르잖습니까.
해옥	… (칼을 줍는다)
장철	이만 쉬셔야지요.
해옥	옷은 여기 두었습니다.
장철	고맙습니다. (물에 손을 담그는데) 아! (손을 뺀다)
해옥	왜 그러십니까?
장철	아닙니다.
해옥	보시지요.
장철	괜찮습니다.

해옥 장철의 손을 잡고

해옥	이 손으로 검을 만드셨습니까.
장철	(손을 빼며) 괜찮다잖소. 저리 가시오.

해옥 장철의 손을 잡으며

해옥 흉하지 않습니다. 제 보기엔 하나도 흉하지 않습니다.
장철 …

해옥 수건을 꺼내 장철의 손을 닦아준다.

장철 … 죽기 전이라고 오늘 하늘이 은혜를 많이 베푸는구려.
해옥 죽다니요.
장철 문둥이는… 무슨 일을 하든, 나이가 얼마이든 그저 문둥입니다.
허나 오늘은 문둥이가 아니라 쇠메를 두드리는 야장이었고, 금가
의 장손이었습니다. 내 지금 당장 죽는다 해도…
해옥 아주버님은 덩이의 큰 아버지십니다.
장철 …
해옥 덩이 곁을 지켜주셔야죠.
장철 …
해옥 저는… 아주버님이 무사히 돌아오시기를 바랍니다.

사이.

장철 이제 보니 저 나무에 꽃 필 날이 얼마 남지 않았구려. 내 저 나무
보다 깊은 곳에 숨어 살았는데 꽃향기만은 나를 찾아 왔었지요.
향이 얼마나 고운지 내 몸도 꽃처럼 새살이 돋을 것 같더군요.
해옥 저 나무에 꽃이 피면 분명 새살이 돋으실 겁니다.
장철 … 그리하면 참 좋겠습니다.
해옥 하늘의 물이 있잖습니까.
장철 (미소 짓는다)

해옥 (미소 짓는다)

'치이이익~'
점화용 화약에 불을 붙이는 소리 길게 들린다.

장철, 해옥 …

사이.
'탕'
조총소리.
조명 사라지고 조총 소리의 울림 오래 남는다.

9장

조명 들어오면 우물 안.

해옥 … (위를 바라본다)

고요하다.

해옥 (덩이에게) 걱정 마라. 물이 줄어 잠기지는 않을 것이야.

'치이이익~' 화약에 불붙이는 소리.

해옥　　후우… (배를 안는다)

우물 밖 장철, 최씨, 강씨, 박씨 네 사람 보인다.
무기를 든 네 사람은 각기 다른 곳에서 누군가를 겨누고 있다.
우물 안 해옥도 보인다.

최씨　　내 딸이 돌아오면 딸에게 야장일을 알려줘야겠네.

박씨　　세 살밖에 안 된 딸한테 너무한 거 아닙니까?

최씨　　그런가.

강씨　　몇 년 더 기다리십시오.

박씨　　나는 언제 자식 놈 본답니까.

강씨　　하늘을 봐야 별을 따지.

최씨　　젊은 놈이 쯧쯧.

박씨　　딱 기다리십시오.

장철　　저는 이제 조카 볼 날이 얼마 안 남았습니다.

해옥　　덩아.

최씨　　덩이가 나올 때쯤엔 쌀이 날 터인데.

강씨　　갓 거둔 쌀로 지은 밥이 진짜 기가 막히지요.

해옥　　들어야한다.

최씨　　추수는 누가 하나.

박씨　　야장이가 추수 걱정입니까.

장철　　따뜻한 쌀밥이라.

해옥　　알아야한다.

강씨　　같이 한 술 뜨세.

장철　　그러지요.

해옥　　덩아!

해옥의 외침에 네 사람 무기를 들어 올리면, 조명 사라지며 우물 안 해옥의 모습만 남는다.

\<M2. 덩이\>

해옥　　덩아. 들어야한다.
　　　　너는 알아야한다.
　　　　덩아. 보아야한다.
　　　　너는 알아야한다.

　　　　그들은 젊었다.
　　　　바람을 만들 줄 알았고
　　　　칼을 두드릴 줄 알았다.

　　　　두려워 떨었다.
　　　　입을 다물기도 했고
　　　　항복하고 싶어도 했다.

　　　　덩아. 들어야한다.
　　　　너는 알아야한다.
　　　　덩아. 보아야한다.
　　　　너는 알아야한다.

　　　　볏짚 위에 최씨의 시체 보인다.

　　　　그들의 생명이
　　　　니 몸에 흐르는 피며

그들 부모의 목숨이다.

어두운 그림자
강씨와 박씨의 시체를 볏짚 위에 던진다.

강해져야 한다.
너의 다음을 위해
진실을 알아야만 한다.

마루 끝에 기대 쓰러져 있는 장철.

저 나무에 꽃이 피면
빈 가지에 꽃이 피면
…

음악 커지며.

10장

조명 들어오면 산양댁 집 앞.
볏집 위에 최씨 강씨 박씨의 시체가 엉켜있다.
세 사람의 손에는 무기가 쥐어져 있다.

어구양반   …

어구양반 세 사람의 손에서 무기를 빼려 하지만, 무기 빠지지 않는다.

어구양반   이놈들이…
장철   어르신.

칼에 찔려 피가 흥건한 장철.
힘없이 마루에 기대어 있다.

어구양반   뭘 어떻게 꼬드겼기에 이놈들이 이리 독해진 게냐?
장철   형님들 좀 바로 눕혀 주시지요.
어구양반   애미랑 똑같은 꼴을 하고 앉았구나. 어떠냐? 뒤를 치려다 되려 한
           방 먹은 기분이.
장철   …
어구양반   무기는 어디에 숨겼나?
장철   형님들 좀 바로…
어구양반   형님들. 손에 든 칼을 거두고 나면 그리해주마. 무기는?
장철   없습니다.
어구양반   (시체를 보며) 죽어서도 칼을 놓지 않는다면 손을 자르는 수밖에
           (단검을 꺼낸다)
장철   더 이상 욕되게 하지 마십시오.
어구양반   (칼을 겨누며) 말해라.
장철   … 왜놈 뒤에 숨어 계시던 양반이 절 찌를 수 있겠습니까?
어구양반   뭐라?
장철   어째 문둥이보다 숨는 걸 더 잘하십니다.
어구양반   (칼을 들이대며) 그날 널 죽일 걸 그랬다.

장철	…
어구양반	문둥이 놈 불쌍해 보내줬더니.
장철	어르신이 아버지 칼을 훔치던 날 말입니까?
어구양반	훔쳐?
장철	칼뿐입니까. 호미에 괭이에. 사람들 몰래 돈이 될 만한 건 다 내다 파셨지요.
어구양반	지들이 어눌해 잃어버린 게지.
장철	무릎 꿇고 빌었습니다. 다시는 마을에 나타나지 않을 테니, 부모 형제 그리워 서성거리는 문둥이 놈 못 본 척 해달라고 빌었습니다. 헌데 어르신은 제가 죽어 땅에 묻었다 했지요.
어구양반	그게 남은 가족들이 편히 사는 길이지.
장철	그 밤에 산에서 내려올 이유가 없으니 둘러대다 그런 거겠지요. 이해합니다.
어구양반	뭐?
장철	어르신도 저희 아버지가 쓰러지실 줄은 몰랐겠지요.
어구양반	더 듣기 싫다.
장철	… 원망하지 않습니다. 저도 아버지도. 어머니도… 소철이도. 아무도 어르신을 원망하지 않습니다.
어구양반	…
길삼	(목소리) 아버지!
어구양반	?

진가사를 쓴 길삼 나온다.

길삼	궤짝 가져오시오.
어구양반	궤짝?
길삼	무기 값으로 반절 미리 받은 거 있잖소. 빨리 내오시오.

어구양반   무슨 일 있냐?

길삼   빨리 내 오라고!

어구양반   알았다.

어구양반 급히 나간다.

길삼 진가사를 벗어 던지며

길삼   으아! (장철을 본다)

길삼 장철을 발로 걷어찬다.

길삼   문둥이 놈이!

장철 쓰러진다.

길삼   (쓰러진 장철을 발로 차대며) 문둥이 놈 주제에. 감히. 내 계획을 망
         쳐?

길삼 발길질을 멈추고 호흡 고르며

길삼   해옥이 어쨌냐.

장철   … 이미 떠났다.

길삼   우리가 들이닥칠 줄 어찌 알고… 어디 숨겼냐?

장철   개가 사람을 업신여기고 덤벼드는구나.

길삼   (장철을 걷어찬다)

장철   …

길삼   해옥아! (주위를 찾으며) 해옥아! 해옥…

장철	(웃는다)
길삼	실성한 게냐?
장철	실성은 니가 했지. 내 제수씨를 니가 왜 찾느냐.
길삼	니 제수씨? 소철이 놈 죽었다고 이제 해옥이가 니 거냐?… 원래 너에게 시집오려했다 이거냐?
장철	혼례가 들어오기 전부터 제수씨를 마음에 두고 있었던 게지? 내 그때 알았다면 약조하지 않았을 것이다.
길삼	누가 들으면 니가 해옥이 남편쯤이나 되는 걸로 알겠다.
장철	너나 나나 인연이 아닌 게다. 뜻을 거스르지 마라.

사이.

길삼	덩이는 내 자식이 될 것이다.
장철	뭐?
길삼	마을을 세우려면 자식이 있어야지.
장철	…
길삼	(해옥을 찾으며) 해옥아! 해옥아!
장철	조길삼!
길삼	더러운 입에 이름 올리지 마라.
장철	왜 이리 된 것이냐. 대체 무엇에 눈이 먼 것이야.
길삼	뭐?
장철	함께 야장을 꿈꿨지 않느냐. 같이 나고 자라 쇠메질을 배우며 최고의 야장이 되자 했지 않느냐. 고된 야장일을 마치고 우물물에 몸을 씻을 때가 가장 행복하다 니 입으로…
길삼	너는 최고의 야장이 되었다. 문둥이가 되기 전에도. 되고 나서도. 꿈을 이뤄 아주 좋겠구나.
장철	길삼아.

길삼	마을은 이제 끝이다.
장철	뭐?
길삼	당포선창에 이미 왜군들이 정박했다지. 해전에 승리하고 나면 마을은 물론 이 나라도 끝이야. … 새로운 마을이 세워질 거다. 야장이나 쇠메의 흔적 하나 없는 마을. 칼끝의 생명이니 야장의 정신이니 이제 영원히 사라지는 거야. 시작은 내가 될 것이다. 나와. 해옥이와. 덩이가…

길삼 칼에 찔린다.

길삼	!!
왜군1	(칼을 뺀다)
장철	길삼아!
길삼	아…
왜군1	(길삼을 발로 차며) 退け! 邪魔だ![3]

길삼 쓰러진다.

왜군2	(장철을 보며) なんだ[4]?
장철	…
왜군2	(장철을 자세히 보며) …かったい[5]?
왜군1	에엑.

왜군1,2 물러선다.

---

3) 비켜! 걸리적거린다!
4) 저건 뭐야?
5) … 문둥이?

'쿵'

궤짝 떨어지는 소리.

어구양반   길삼아…

어구양반 달려오며

어구양반   길삼아!

왜군1   (궤짝을 보며) 오오!

왜군2   あ？ よかった[6] (궤짝이 있는 곳으로 간다)

어구양반   (길삼을 안으며) … (왜군1에게) 네 이놈!

왜군1 어구양반 목에 칼을 댄다.

어구양반   …

왜군2   (궤짝을 들고 오며) 何をする？ 急ぎましょう.[7]

왜군1   としよりは[8]？

왜군2   (어구양반을 본다)

어구양반   …

왜군2   ほったらかして. まもなく死ぬのに.[9]

왜군1   はい.[10]

왜군 나간다.

---

6) 아. 다행이다.

7) 뭐해? 빨리 가자.

8) 이 늙은이는?

9) 놔둬. 곧 죽을 텐데

10) 네.

어구양반 …길삼아

길삼 … 새… 새로운…

어구양반 니가 왜… 왜 하필 니가…

길삼 새로운 마을을… !

길삼 눈을 뜬 채 숨을 거둔다.

장철 …

어구양반 길삼아… 길삼아!

왜군 2 달려나와 어구양반을 칼로 벤다.

장철 어르신!

어구양반 아…

왜군2 みたよね? 私が 死ぬと言ったんでしょう.[11]

왜군1 やっぱり[12] (박수를 친다)

왜군2 じゃあ[では]行いこうか?[13]

왜군1 はい.[14]

왜군 1,2 웃으며 나간다.

장철 어르신…

어구양반 … (호흡을 고르며) 길삼… 길삼아…

---

11) 봤지? 내가 죽는다고 했잖아.
12) 역시.
13) 그럼 가볼까?
14) 네.

장철	…
어구양반	왜 하필 니가…
장철	…
어구양반	내… 내 죄인 것이냐…

어구양반 눈을 감는다.

M2. 덩이(Inst)

| 장철 | … |

멀리 나무를 바라보는 장철.
사이.
'응애. 응애'
덩이의 울음소리 들린다.

| 장철 | … (미소 짓는다) |

에필로그

울창한 나무숲이 바람에 흔들이는 소리.
조명 밝아지면 윗담 너머 나무숲에 꽃이 활짝 피었고, 산양댁 집 부뚜막
에는 밥을 짓는 듯 연기가 피어오른다.

우물가에서 빨래를 하고 있는 해옥과 최씨 부인.

최씨부인 (해옥의 빨래를 보고) 옷이 흙투성이네.

해옥 빨래하다 하루를 다 보낼 정도입니다.

최씨부인 물이 풍족하니 다행이지.

해옥 올해는 유난히 물이 차오르네요.

최씨부인 한때 바닥까지 줄었다는 게 믿기지가 않네.

해옥 신기한 일이지요.

최씨부인 (빨랫감을 정리하며) 이거 널고 가면 딱 맞겠구먼. 반찬은 내 가져
가지.

해옥 네.

최씨부인 아침부터 배를 비워뒀으니 나는 공기 가득 채워주게.

해옥 (웃으며) 네.

최씨부인 우리 딸도.

해옥 네.

최씨부인 올라간다.
해옥 빨랫감을 정리하는데

덩이 어머니!

해옥 덩아.

덩이 우물가로 올라온다.

해옥 이리 와라.

해옥 덩이의 손을 씻겨주는데

덩이   어머니.

해옥   응?

덩이   큰아버지가 문둥입니까?

사이.

해옥   (미소 지으며) 큰아버지는 문둥이지만 문둥이가 아니다.

덩이   … 네?

해옥 일어나면 덩이 해옥을 따라간다.

덩이   어머니.

'까앙―'
멀리서 들리는 쇠메소리

덩이   (소리를 듣고) ?

해옥   왜 그러느냐?

덩이   …

해옥   밥 내올 테니 멀리 가지 말거라. (부뚜막으로 들어간다)

'까앙―'
멀리서 들리는 쇠메소리.

덩이   …

덩이 품에서 단검을 꺼내 바라본다.

장철이 해옥에게 주었던 단검이다.

'까앙- 까앙- 까앙-'

쇠메소리 점점 커지며, 대장간에서 풀무, 쇠메질을 하는 사내들의 영혼 보인다.

<M1. 야장의 노래>

울려라. 울려라. 하늘을 울리어라.
불러라. 불러라. 장이여 노래하라.

화로에 불빛이 사라지면
저승의 아비가 눈을 뜨고
칼끝의 생명이 흐려지면
땅위의 자식이 눈을 감네.

울려라. 울려라. 하늘을 울리어라.
불러라. 불러라. 장이여 노래하라.

쇠메에 하늘빛 반사하여
어두운 밤바다 밝혀주니
아침과 저녁이 무엇이고
천민과 양반이 무엇인가

울려라. 울려라. 하늘을 울리어라.
불러라. 불러라. 장이여 노래하라.

막.

214

통제영의 바람

— 작/전혜윤, 연출/제상아 —

공연기간 : 2017년 11. 6(월) 14:00
공연장소 : 통영시민문화회관 대극장
단체명 : 극단벅수골, 광도초등학교
출연진 : 이순신, 할아버지 役_김성민 / 아이1 役_김규엽 / 아이2 役_백영은 /
아이3 役_공동건 / 아이4 役_강시우 / 아이5 役_이채원 / 선생님 役_박시우
제작진 : 예술감독_장창석 / 작가_전혜윤 / 연출_제상아 / 기획_공필제, 진은옥 /
무대감독_이규성 / 조명_유민규 / 분장_정희경 / 음향_김지아 / 조연출_김준원 /
무대크루_김성수 / 진행_윤한민, 이수진

■ 등장인물

통제영 할아버지 (이순신 장군)
건영
선주
재현
예인
원태
담임선생님
반 친구들
조선시대 수군들
포졸(전령)
백성들
장군들

1장. 세병관

광도초등학교 건영네 반 아이들은 선생님의 인솔로 세병관이 들어선다.
현장학습을 온 것이다.

선생님 자! 다 왔는지 확인 좀 하자. (인원을 확인한다) 다 왔네! 앉아. 설명
부터 듣자. 자, 여기가 삼도 수군 통제영의 중심건물인 세병관이
야. 어때 근사하지?

아이들 (건성 대답한다) 네~

건영과 친구들은 뒤쪽에서 핸드폰 게임을 하며 시시덕댄다.
선생님이 건영을 발견하고 쳐다보며 계속 묻는다.

선생님 여기가 어디라고?

아이들 세병…

아이들이 대답하기 시작하자 선생님은 다른 아이들에게 조용히 하라는
사인을 보내고는 열심히 머리를 맞대고 게임을 하고 있는 건영과 선주
에게 다가간다.
옆에서 장난치던 원태가 먼저 걸려 꼼짝 못하고 입을 다물었고, 눈치 빠
른 예인이와 재현이가 얼른 알아채지만 건영과 선주는 게임에 빠져 정
신을 못 차린다.
바로 뒤까지 다가선 선생님이 다시 묻는다.

선생님 여기가 어디라고?

건영   아씨, 자꾸 말 시키지 마!

선주   이겼다!

건영   아! 진짜 이번엔 내가 이기는 건 (선생님을 발견하고)…데…

환호성을 울리는 선주와 패배를 아쉬워하는 건영은 동시에 눈앞의 선생님 모습에 얼어버렸고 다른 아이들은 킬킬 웃고 있다.

선주   (선생님이 다가오는 것을 보고 건영에게 손짓을 한다)

건영   뭐… (선생님을 확인하고) 죄송합니다.

선생님은 순식간에 핸드폰을 압수한다.

선생님   압수!

건영·선주   선생님!

선생님   현장학습 끝나고 받아가라.

건영·선주   아 쌤~!

선생님   그래서, 여기가 어디라고?

알 리가 없는 건영은 애꿎은 선주를 툭 친다.

선주   세병관입니다.

선생님   그래, 그래도 건영이보다는 선주가 귀는 좀 더 열어뒀었나 보구나.

건영은 의기양양한 선주를 쳐다보며 얼굴을 구기곤 입모양으로만 전한다.

건영   배! 신! 자!

아이들	(키득거리며 배신자라고 놀린다)

건영	(선주를 때리려는 모습을 취한다)

선생님	건영아! 친구가 아무리 미워도 폭력을 사용하면 안 되지.

선생님의 설명이 계속된다.

선생님	저기. 저기 뭐가 보여?
아이들	바다요.
선생님	그래 여기가 통영이지. 그래, 저기 통영 앞바다가 훤히 보이지? 여기가 처음 삼도수군통제사가 되신 이순신 장군님이 일구신 삼도수군통제영의 훗날 모습이다. 여기 이 자리는 후에 이경준 통제사가 터를 잡으신 거지만 그 기본과 이상은 초대 통제사였던 이순신 장군의 기상을 이어받았음이 당연하다. 조금 이따가 너희들이 체험하게 될 12공방과…

건영과 친구들은 다시 속닥대기 시작한다.

선주	핸드폰도 없이 이게 뭐야?
건영	우리… 슬쩍 빠져나갈까?
재현	(끼어들며) 뭐?
건영	저기 담 너머로 가자
예인	어딜 가자고?
건영	문만 지나면 아무도 모를 거야.
원태	찬성! 찬성! 찬성!
선생님	어! 원태야! 뭐하니? 자, 그럼 우선, 모두 세병관 안으로 들어가

볼까?

아이들   네!

자리에서 일어선 학생들이 줄줄이 세병관 안으로 들어설 때, 대열의 끝에 섰던 건영과 친구들은 슬쩍 빠져나와 뒷걸음으로 멀어지다가 이내 줄달음친다.

다섯 친구들은 12공방터를 두루 쏘다니며 장난을 치기 시작한다.

song 1) 너른마당 바닷바람

너른 마당에 바람이 불어 온다
바다로부터 날아와 귀를 간질이고
옷자락을 날리며 장난을 치다
산 너머로 달아난다. 또 다른 곳으로

너른 마당 산줄기도 작은 놀이터
바다에서 태어난 우리는 바람
햇살냄새 머금고 어디든 날아가
바다에서 태어난 우리는 바람

높이 날 거야 소리칠 거야
바람을 안고 뛰어 큰소리로 웃을 거야
장난스런 웃음소리로 노래할 거야.
어디든 갈 거야 또 다른 곳으로

너른 마당 산줄기도 작은 놀이터
바다에서 태어난 우리는 바람
햇살냄새 머금고 어디든 날아가

바다에서 태어난 우리는 바람

노래가 진행되는 동안 아이들은 12 공방의 여러 방을 지나고 야장방에 들어선다.
요란한 불 소리와 망치소리에 깜짝 놀란 아이들은 이내 깔깔거리며 호미와 낫, 칼들을 집어 들고 전쟁놀이에 신이 났다.
노래가 끝날 무렵 각자 무기들을 치켜들고 장군이라도 된 것처럼 포즈를 잡는 아이들.

선주　　나는 이순신이다.
예인　　내가 이순신이다.
재현　　내가 진짜다.
원태　　웃기고 있네. 내가 진짜다
건영　　어험! 내가 이순신이다.
아이들　(아웅다웅 내가 진짜라고 서로 우긴다)

아웅다웅하는 아이들 사이로 갑자기 긴 빗자루가 쓰윽 들어온다.
빗자루는 무술 고수처럼 아이들 사이를 헤집고 다니며 순식간에 아이들의 손에서 칼이며 낫을 빼앗고는 아이들을 제압한다.
아이들은 각자 꿀밤을 맞거나 오금이 채어지거나 해서 바닥에 저도 모르게 주저앉았다.

아이들　아야! 아퍼!

아이들은 무슨 일인지 어리둥절하다.

할아버지　동작 그만!

아이들의 눈앞에는 허름한 한복 차림의 할아버지가 사극에서나 나올 법한 기다란 싸리비를 들고 서 있다.

선주	아…
건영	할아버지 뭐예…
예인	사극 찍나?
원태	그런가봐.
재현	그렇구나.

불만을 토로하던 아이들은 다시 꿀밤 한대씩을 순식간에 얻어맞고는 짧은 비명을 지르며 도로 쪼로록 무릎을 꿇고 앉는다.

할아버지	쉿!
아이들	(따라한다) 쉿!
할아버지	팔 들고.

아이들은 슬금슬금 팔을 든다.

할아버지	번쩍!
아이들	헉!

놀란 아이들은 번쩍 팔을 들고 벌을 선다.

할아버지	이놈들! 여기 팻말 보이느냐?
아이들	… 네에.
할아버지	읽어봐라.
아이들	… 들어가지 마시오.

할아버지	또.
아이들	… 손대지 마시오.
할아버지	너희들 칼싸움하고 놀라고 저분들이 매일 밤새 여기서 이것들을 만들었겠느냐?
건영	아니, 저거는 그냥 마네킹…

갑자기 화다닥 불꽃소리가 난다.
야장방 앞에 꿇어앉은 아이들에게 훅 불꽃의 열기가 끼치는 듯 해 아이들은 깜짝 놀란다.

재현	으아악!
선주	지, 지금…
건영	뜨, 뜨거웠어.
예인	그치?
원태	그치!
할아버지	하하하. 그것 봐라. 너희들이 애써 만든 칼로 장난을 치니 야장들께서 화가 나시지 않았느냐?

아이들은 어리둥절하다.

할아버지	이곳은 많은 병장기가 필요했던 군영을 위해서 야장들을 모아 특별히 통제영 안에 두었던 야장방이다. 이분들은 오랫동안 왜적을 막느라 고생하는 우리 수군들을 위해 일하셨지. 이순신 장군님의 칼도 이곳에서 만들어졌다.
아이들	우와~
할아버지	다른 공방들도 마찬가지다. 다들 수군을 위해서, 백성들을 위해서, 활을 깎고, 발을 엮고, 소반을 만들었지. 그러니, 너희들이 이

곳을 이렇게 마구 헤집고 놀아서야 되겠느냐?

선주 안됩니다.

아이들이 입모양만 만들어서 선주를 째려본다.

아이들 (야유를 하며) 우우우… 배신자!

선주 배!신!자! (친구들을 때리려고 하는데)

할아버지 고놈, 대답은 잘하는구나. 그럼 어찌해야겠느냐?

예인 잘 가져다 놓을게요.

할아버지 또!

원태 청, 청소도 할…

할아버지 또!

아이들 또?

할아버지 이리 난장을 쳐 놓고는 고작 청소? 그건 당연한 게 아니냐?

건영 … 그럼… 어떻게 해야 용서해 주실 건데요.

할아버지 헛험. 이 통제영 안에는 사실 3가지 보물이 있다. 그걸 찾아오면 용서해 주마.

아이들 네?

예인 세 가지…

원태 보물이요?

선주 여기 보물이 있어요?

재현 그게 뭔데요?

할아버지 그게 뭔지 알려주면 그게 보물찾기겠느냐? 재주껏 찾아 보거라.

건영 힌트라도 주세요.

할아버지 이놈이!

건영 (애원조로) 할아버지!

할아버지 안 된다고 했지!

아이들은 올망졸망 모여서 최대한 불쌍한 척 할아버지를 쳐다본다.

반응이 없자 아이들은 뭐라도 해보라는 듯 옆에 선 친구의 옆구리를 쿡

찌른다.

맨 끝에 서 있던 애교의 달인, 재현이의 옆구리가 마지막으로 쿡 찔린다.

재현은 곧 장화 신은 고양이의 표정이 되어 할아버지를 압박한다.

재현   미워!

원태   (빨리 가지 않는 재현을 밀며) 빨리 가!

재현   (할아버지한테 매달리며) 할아버지~

할아버지   이놈이!

아이들   (차례로 매달리며) 할아버지이~

할아버지   푸하하. 헛험. 좋다.

아이들   오예!!

할아버지   첫 번째 힌트는 저 먼지 쌓인 화원방을 청소하다 보면 알게 될 게다.

아이들   화원방?

할아버지   어서 가지 않고 뭐하느냐?

아이들   하기 싫은데…

할아버지   이놈들!

할아버지는 빗자루를 휘둘러 아이들을 화원방으로 쫓아 보낸다.

할아버지는 마당을 쓸며 아이들이 서둘러 달려간 쪽을 보고는 빙그레

웃는다.

2장. 거북선

아이들은 먼지와 그림이 가득한 화원방을 청소한다.

재현   이게 뭐야… 그냥 선생님 설명이나 들을 걸…
선주   그럴 걸…
예인   그치?
원태   그치!

영혼의 단짝인 예인이와 원태가 꿍짝이 맞아 청승을 떨고 있을 때, 재현
과 선주는 고개를 절레절레 흔들고는 여기저기를 정리하기 시작한다.
둘은 갑자기 건영에게 고개를 확 돌린다.

선주   야! 정건영. 너 때문이야.
재현   니가 꼬시지만 않았어도
건영   웃기지마! 니들이 더 하품하고 난리였으면서.
예인   뭐?
건영   왜! 왜! 왜!
원태   우리가 언제. (건영을 밀어버린다)

둘에게 밀리던 건영이 선반 위에 얹혀있던 광주리를 엎으며 우스운 모
양으로 쿵 주저앉는다.
상자 안에서 그림들이 우수수 떨어져 건영을 덮는다.
아이들은 깔깔거리며 웃는다. 선주가 그림을 주워본다.

선주	이거 전부 거북선 아냐?
건영	그러네.
예인	여기서 거북선 그리기대회 같은 거라도 했나봐.
원태	그러게.
선주	이거 봐. 이건 진짜 자세히 그렸다. 무슨 설계도 같아.
재현	글씨가 잔뜩 써있는데?
예인	다 한문이야.
원태	그러게.
재현·선주	원태야! 넌 그러게 밖에 몰라!

갑자기 건영이 글을 읽기 시작한다.

건영	거북선. 거북선이 첫 출정한 전투는 사천해전이다. 사천해전은…
선주	잠깐! (사이) 너 지금 이거 읽는 거야?
예인	너 한문 알아?
원태	진짜 알아?
건영	모르는데…
재현	근데 어떻게 읽어?
건영	그러게 나 어떻게 알지?

잠시 서로 얼굴을 멍하니 쳐다보던 아이들은 갑자기 그림을 떨어뜨리고
소리친다.

아이들	소오오오름!
건영	내가 더 소름이거든.
선주	계속 읽어봐.
건영	계속 읽어보라고… 사천해전은 사천으로 상륙한 왜군이 산에서

진을 치고 있을 때, 해안가에 정박해 있던 이순신의 수군이…

어디선가 쿵! 쿵! 북소리가 울린다.
파도 소리가 들리면서 아이들은 파도에 휩쓸리듯 한쪽으로 쓰러진다.
'어…어…' 당황하던 아이들은 이리 휩쓸리고 저리 휩쓸린다.
사방에서 사람들이 하나둘 몰려나와 아이들과 합류한다.

이순신   노를 저어라!

큰 목소리.
장군복을 입은 누군가가 저 위에 서서 칼을 휘두르며 지휘하고 있다.
얼굴은 잘 보이지 않는다.
앞에 선 두 명의 장군(이언량, 이기남)이 복창하며 수군들을 독려한다.

장군들   노를 저어라!
아이들   노를 저어래?
수군들   영차! 영차!

어느새 아이들은 수군들 사이에서 병사가 되어있다.
주변의 수군들을 따라 엉겁결에 아이들도 열심히 노를 젓는다.

이언량   우현!
아이들   우현?
수군들   영차! 영차!
이기남   좌현!
아이들   좌현?
수군들   영차! 영차!

이순신	왜군들의 배가 몰려온다. 유인하라! 거북선 전속력으로 후퇴!
장군들	전속력으로 후퇴!
아이들	전속력으로 후퇴하래?
수군들	영차! 영차!

수군들과 장군들의 소리가 작아지고 모션만이 남는다.
아이들은 자리에서 벌떡 일어난다.

재현	이게 뭐야? 지… 지금 뭐지?
아이들	이거 설마… 거북선?

아이들은 얼굴이 보이지 않는 저 높은 곳의 장군을 쳐다본다.

아이들	그럼 저분은
건영	이순신 장군님.
아이들	이순신 장군?

친구들이 모여들어 같은 곳을 바라본다.

선주	와! 레알?
재현	한산? 명량? 그 이순신? 진짜?
건영	아! 나도 이순신 되고 싶다.
선주 · 재현	니가?
예인	대박!
원태	인정!
아이들	진짜! 멋지다!
이순신	지금이다! 뒤돌아서 왜군을 향해 진격하라! 한 놈도 살려두지 마

라! 한 척의 왜선도 돌려보내선 안 된다!

장군들　예! 장군!

이순신　진격하라!

모두　진격하라!

song 2) 진격하라

이엉차 이엉차 이엉차 이엉차

노를 저어라 (이엉차) 힘차게 저어라 (이엉차)

적의 한복판으로 (이엉차) 진격하라 (이엉차)

바다로 땅으로 왜구가 몰려온다

배 위에 누각을 짓고

조선을 도둑질하러

북을 울리며 적들이 몰려온다

이순신　거북선 앞으로!

이언량　화포를 쏘아라!

이기남　활을 쏘아라!

함께　적의 배를 부숴라!

용의 머리에선 불을 내뿜고

단단한 등 위엔 창이 빛난다

온힘을 다해 돌격하라

함성을 울리며 거북선이 나가신다

이엉차 이엉차 이엉차 이엉차

노를 저어라 (이엉차) 힘차게 저어라 (이엉차)
적의 한복판으로 (이엉차) 진격하라 (이엉차)

노래가 진행되는 동안 두 장군의 두 거북선은 대형을 바꿔 진격한다.
아이들과 수군들은 노를 젓는 수병이었다가 장군의 명령에 따라 화포를
쏘고, 눈앞에 다다른 적과 칼을 겨눈다.
다시 열을 맞춘 조선수군은 힘차게 노를 젓는다.

수군1   왜군의 배가 침몰한다!
원태   왜군의 배가 침몰한다!
수군2   한 척도 남김없이 부서졌다!
재현   한 척도 남김없이 부서졌다!
수군3   조선 수군의 승리다!
선주   조선 수군의 승리다!
수군4   이순신 장군 만세!
건영   이순신 장군 만세!
함께   만세! 만세! 만세!

병사들은 환호성을 올리며 기뻐한다.
최선을 다해 전투에 임했던 아이들도 감격에 겨워 얼싸안고 좋아한다.
어느덧 주변이 조용하다.
아이들은 어느새 화원방으로 돌아와 있다.

아이들   이게… 어떻게 된 거지?

아이들이 어리둥절하고 있을 때, 할아버지가 들어온다.

할아버지   청소들은 다 했느냐? (둘러보고) 어째 더 엉망이 된 거 같으냐?

잠시 꿀 먹은 벙어리가 되었던 아이들은 한꺼번에 떠들어대기 시작
한다.

재현   할아버지 그러니까 이순신 장군을 만났어요. 할아버지 이순신 장
군 알아요?…
선주   배 안이었어. 분명히 배 안이었다니까?…
예인   내가… 막… 노를… 너무… 엄청, 에? 엄청 열심히 저어가지구…
원태   막 대포소리 나고 무서워가지고 막 총소리 나고, 화살 날아 댕기
고, 으악, 퍽… 챙…
할아버지   잠깐! (조용해지자 멍하니 손안의 거북선을 바라고 있는 건영을 향해 빙
그레 웃으며) 보물을 찾았구나. 잘했다 얘들아.
아이들   에?

과거에서 돌아온 건영의 손에는 어느새 거북선 모형이 쥐어져 있었다.
아이들 거북선 모형을 바라본다.
할아버지가 거북선을 가리키며 말한다.

할아버지   이순신 장군의 거북선. 그것이 이 통제영의 첫 번째 보물이란다.
아이들   첫 번째 보물, 거북선!

song 3) 보물
보물 보물 3가지 보물
보물찾기를 시작해 보자

누구나 알고 아무도 모르는

눈앞에 있는 진귀한 보물

첫 번째 보물은 거북선
이순신 장군의 거북선
조선 수군의 거북선
백성을 지키는 거북선
보물 보물 두 번째 보물
보물찾기를 시작해 보자

누구나 알고 아무도 모르는
어디에 있나 진귀한 보물

할아버지 이렇게 잘 찾을 줄 몰랐구나. 나머지 두 개도 금방 찾겠다. 그럼
나머지도 잘 찾아 보거라.

재현 안녕히 가세요!

급히 눈빛을 교환하는 아이들.
돌아서 나가려는 할아버지를 아이들이 줄줄이 늘어서 잡고 늘어진다.
건영이 얼른 뛰어 할아버지의 앞을 가로막고 묻는다.

아이들 너!

재현 미워… (티격태격하고 할아버지 쪽으로 간다) 할아버지!

아이들 (차례대로) 할아버지!

건영 두 번째 힌트는 없어요?

아이들 할아버지~

할아버지가 돌아보자 각자 옷깃과 바지자락 발목 등에 매달려 눈을 깜

박이는 처량한 표정의 아이들이 있다.

할아버지 (빙그레 웃고는) 어험! 좋다.

아이들 오예!

할아버지 그럼 두 번째 힌트도 주도록 하지. 두 번째 보물은…

마당에 내려 선 할아버지는 손을 들어 한쪽을 가리키려다 유연하게 손
가락을 꺾어 다른 쪽을 가리키기를 반복한다.
아이들의 시선은 할아버지의 손끝에 달라붙어 낚싯대에 꿰인 물고기떼
처럼 '어, 어, 어' 소리를 내며 주르륵 몰려간다.
몇 번을 방향을 바꾸며 아이들을 몰고 다니던 할아버지의 손가락이 저
멀리를 가리킨다.

할아버지 저어기.

아이들 저어기? (우르르 몰려간다)

할아버지 아니, 아니. 저기.

아이들 (우르르 몰려간다)

할아버지 미안하구나. 저기.

아이들 없는데요.

할아버지 사실은 저기다.

아이들 이젠 안 속아요.

할아버지 어험! 반대편, 저 건너 쪽에 있는 운주당에 가면 찾을 수 있단다.

아이들 진짜죠?

선주 거기는 뭐하는 데에요?

할아버지 거기는 통제사의 집무실 같은거란다. 옆에는 경무당이라는 작은
집무실이랑 통제사의 집인 내아가 나란히 있지.

건영 오우! 가자!

아이들은 눈빛을 나누고는 우르르 운주당으로 달려 나간다.

할아버지는 다시 빙그레 웃으며 품에서 예쁜 보자기를 꺼내 작은 거북
선모형을 정성스레 싸서 품고는 걸어 나간다.

3장. 난중일기

운주당에 도착한 아이들은 살금살금 대청으로 올라서보는데 한 문화재
해설사 갑자기 나타난다.

아이들　없는데… 없잖아… 어딨는 거야…

원태　(발견하고) 저기.

해설사　거기! 올라가면 안 된다. 애들아~

순식간에 멈춘 아이들.

선주　어서 내려와.

어느새 마당에 내려 서 있는 선주가 아이들을 부른다.

해설사　친구들이 장난을 치면 못 치게 해야지. 지켜만 보지 말고.

선주　네. 친구들이 좀 철이 없어서요. 죄송합니다 선생님.

해설사　다음에 또 올라가면 안 된다.

아이들　네.

아이들은 벌레 씹은 표정으로 마당으로 급히 내려선다.

해설사 사라진다.

해설사가 보이지 않게 되자 아이들은 약속이라도 한 듯 선주를 쳐다
본다.

아이들   야, 이, 배신자···

선주   (건영과 예인의 입을 막으며) 너! 조용. 너! 조용. 너! 조용. 너! 조용.

원태   미워.

재현   아무래도 넌 이름이 선주가 아니라 신자인 것 같아 배신자.

선주   (아이들에게 화를 낸다)

아이들   (투덜댄다)

작은 책상 앞에서 선주가 멈춘다.

선주를 줄줄이 따라오던 아이들은 차례로 앞사람의 등에 머리를 박는다.

선주   이건가?

건영이 제일 먼저 돌아 나와 의자에 앉는다.

아이들은 하나둘씩 책상을 둘러싼다.

건영은 천천히 책장을 넘긴다.

건영   난중일기?

예인   이거 그거 아냐? 이순신 장군이 쓰셨던 일기장.

원태   그래, 일기장!

예인과 원태가 손을 마주친다.

재현	뭐라고 써 있어?
건영	술을 마셨다. (몇 장 넘기고) 별채에서 종일 술을 마셨다. (다시 넘기고) 친구가 찾아와 술을 마셨다.
재현	술 많이 드시네. 푸흐흐.
건영	맹인 점술사가 와서 운수를 보았다.
선주	점도 보고.
건영	어머니의 편안한 소식을 들어 기뻤다.
예인	와아~ 다정해.
건영	원균 장수가 화살을 독차지했다. 나쁜 놈.
아이들	푸하하.
선주	정말 일기장이야. 장군님도 평범한 사람이구나 헤헤.
재현	친구 만나고, 술 마시고.
예인	점도 보고.
건영	농사가 잘되는지 궁금하다.
원태	누구랑 싸웠는지도 다 써 있어.
아이들	웃기다 히히.
포졸	이놈들! 너희들 뭐하는 게야?
건영	당신은 누구세요? 영화 찍어요?
포졸	너희들 정체가 뭐야?
해설사	너희들 올라가면 안 된다고 했지?
포졸	너는 또 뭐야?
해설사	너는 체험활동 하러 온 친구니?
포졸	무슨 소리야?
해설사	쪼그만 게 이리와 봐!
재현·원태	저요!!
건영	애들아 우리 도망가자!
포졸	이놈들 멈춰라. 어명이다!

해설사   어명이다! 체험활동 옷 반납하고 가!

포졸   어명이라니까!

해설사   나도 어명이다! 이놈아.

갑작스런 고함에 아이들은 깜짝 놀라 흩어진다.
아이들은 혼비백산해서 다시 12공방 쪽으로 달려간다.
곧 아이들의 눈은 휘둥그레 해진다.
사람들이 모두 한복을 입고 있다.
통제영 밖으로 보이는 바닷가의 모습도 많이 달라져있다.

선주   사람들이… 왜 한복을 입고 있지?

원태   저기, 원래 사람이 있었나?

예인   뭐야?

백성1   장군님~ 이순신 장군님이시다!

아이들   장군님?

누군가의 말에 사람들이 하나, 둘 모여든다.
멀리 이순신 장군의 모습이 보인다.

백성2   장군~

백성3   장군님!

song 4) 백성들의 노래

기나긴 전쟁이오 끝나지 않을 전쟁
하루가 멀다 하고 왜구가 들이치고
조선 땅 어디에도 쉴 곳이 없습니다

나라님도 우리를 돌보지 않으시고
하늘도 우리를 살피지 않으실제
단 한 분 백성을 두루 지키시니

예헤야 통제영으로 모여라 이순신 장군의 곁으로
예헤라 사람 사는 것처럼 살아보자
먹고 입고 힘써 일하고 사람답게 살아보자
예헤야 통제영으로 모여라 이순신 장군의 곁으로

백성1 여기 통제영에 오면 살 수 있다 들었습니다.

재현 통제영에 오면 살 수 있다 들었다고?

백성2 왜구가 어디로 쳐들어 와도 장군님은 이기신다면서요.

예인 왜구가 어디로 쳐들어와도 장군님은 이기신다고?

백성3 다들 져서 목숨을 잃어도 장군님은 한 번도 지신 적이 없으니까요.

선주 장군님은 한 번도 지신 적이 없다고?

백성4 모두들 살려면 이순신에게 가라.

원태 모두들 살려면 이순신 장군에게 가래?

백성5 삼도수군 통제영으로 가라 그럽니다.

건영 삼도수군 통제영으로 가라고?

백성6 임금님도 백성들과 궁궐을 버리고 피난을 가는 마당에 우리를 진짜 지켜주실 분은 장군님뿐이야.

아이들 임금님도 백성들과 궁궐을 버리고 도망을 갔다고? 우리를 지켜주실 분은 장군님뿐이래.

백성들 옳소.

이제는 지지않아 끝나고 말 전쟁
지겨운 왜구들을 모두 물리치고

조선땅 어디에도 웃음을 되찾기를

재주가 있는 자 재주를 펴게 하고
나라를 구할 자 목숨을 걸게 하시니
오랫동안 빛나리라 위대한 장군

꽃피고 새우는 봄을 볼 수 있겠지
따스한 들판을 다시 될 수 있겠지
웃음소리 나누며 살아볼 수 있겠지

에헤야 통제영으로 모여라 이순신 장군의 곁으로
에헤라 사람사는 것처럼 살아보자
먹고 입고 힘써 일하고 사람답게 살아보자
에헤야 통제영으로 모여라 이순신 장군의 곁으로

노래가 진행되는 동안 이순신 장군 곁으로 모였던 사람들은 12공방에 간판을 내걸고 군사훈련을 받으며 통제영의 삶을 꾸려간다.
아이들도 사람들 사이에 섞여 사라진다.

달이 뜬다. 집무실에 홀로 앉은 이순신 장군은 무거운 갑옷을 내려놓고는 책상에 앉는다.
그 뒷모습이 힘겨워 보인다. 건영은 주위를 둘러본다.
아무도 없다.
건영은 그림자에 숨어서 이순신 장군을 바라본다.
이순신 장군은 난중일기를 펼쳐 오늘분의 페이지에 이것저것을 써 넣는다.

이순신 오늘은 또 무슨 일이 있었더라…

장군은 자리에서 일어나 기지개를 켜고는 멀리 바다를 바라본다.
고즈넉한 피리소리가 들려온다.

이순신 한산섬 달 밝은 밤에 누각에 홀로 앉아
큰 칼을 옆에 차고 깊은 시름 하던 차에
어디선가 들리는 구슬픈 피리소리는 남의 애를 끊나니

song 5) 영웅의 뒷모습
달 밝은 밤 달 그림자에 홀로 앉아
당신은 오늘 무슨 생각을 하시나요

처음 본 모습은 높고 멋지고 단단하기만 한데
조금 훔쳐본 영웅의 뒷모습은 평범하고 쓸쓸해
달빛이 시린 등 뒤에 담요를 건네고 싶네

건영 이렇게 많은 백성들이 목숨을 기대고 있는 그 무게는 얼마나 무거
울까? 매일매일 표지가 맨들맨들 하도록 매만지며 일기를 쓰시며
무슨 생각을 하시나요? 장군님.

달 밝은 밤 누각에 홀로 앉아
당신은 오늘 무슨 생각을 하시나요

사랑하는 어머니만큼 애처로운 백성들 생각
곧 닥칠 싸움에서 어떻게 이겨나갈지
영웅의 앞길은 무겁고 어렵네요

어느새 잠든 건영 뒤로 해가 뜬다.
멀리서 말발굽소리 들려온다.
가까이에서 말이 멈추는 소리 들려온다.
사람들, 모여든다. 깨어난 건영도 다가온다.

전령   어명이오!

전령이 두루마리를 내민다.
이순신은 그 앞에 무릎을 꿇고 앉는다.

전령   죄인 이순신을 한양으로 압송하라는 주상전하의 어명이오!
건영   안 돼!

건영이 나서지만 곧 밀쳐진다.
사람들이 놀라 웅성댄다.
밤새 12공방에서 논듯 칠기며 갓 등을 하나씩 꿰고 있는 아이들이 깜짝
놀라 건영 주위로 몰려든다.

선주   무슨 일이야?
건영   모르겠어. 이순신 장군님을 잡아간대.
재현   뭐?
예인   왜?
포졸   죄인은 오라를 받으라!

어느새 붉은 포승줄에 묶인 이순신이 전령을 따라 나선다.
몇몇 사람들이 막으려하지만 소용이 없다.
사람들이 소란하다.

백성들	이럴 순 없어.
	우리 장군님이 뭘 잘못했다고?
	역모라네!
	역모라니?
	임금님이 나라를 버리고 도망친 마당에 백성들을 지켜주던 이순신 장군이 뭘 잘못했다는 말이야?

사람들은 떠나는 이순신 장군을 잡고 소리친다.

백성들	장군님 돌아오셔요!
아이들	꼭 돌아오셔야 해요!
건영	아, 난중일기! 장군님 이걸 가져가세요! 장군님!

망연자실해 있던 건영은 장군이 쓰시던 난중일기를 낚아채 이순신의 압송행렬을 따라 뛴다.
아이들이 따라 뛴다. 하지만 거리는 좁혀지지 않는다.
아이들은 전력을 다해 뛰는 듯하지만 이순신의 행렬을 닿을 듯 닿을 듯 잡히지 않고 무대를 빠져나간다.
아이들은 헉헉대며 쓰러진다. 건영 주저앉는다.

건영	헉헉. 여기에 장군님이 하루하루 헉헉 어떻게 살아오셨는지 전부 헉, 써 있으니까. 역모 같은 거 하신 적 없을 테니까 …

어느새 다가온 할아버지가 건영의 손에서 난중일기를 받는다.
반들한 표지를 쓸며 말한다.

할아버지	난중일기라… 두 번째 보물을 찾았구나.

아이들은 할아버지를 발견하고 급히 모여든다.

재현 할아버지, 그래서 어떻게 되었어요?

원태 이순신 장군은 돌아오시는 거죠?

예인 그렇죠?

선주 이순신 장군은 어떻게 되셨어요? 다치시거나… 그런 건 아니죠?

할아버지 궁금하냐?

아이들 네.

할아버지 그럼 얘기해주지.

4장. 마지막 총알

할아버지 그때의 임금님은 신하들과 함께 한양을 떠나 피난을 갔었단다. 왜구들은 끊임없이 전쟁을 일으켰고, 백성들은 점점 살기 힘들어졌지. 백성들은 임금이 백성들을 버리고 도망을 쳤다고 한탄했단다. 그러는 사이에 전라, 경상, 충청도를 아우르는 삼도수군 통제사를 맡아, 왜구를 쳐부수고 백성들을 지켜내는 이순신 장군을 향한 칭송이 임금님보다도 높아갔지. 백성들이 자신보다 이순신 장군을 더 믿고 따르며 사랑한다는 사실이 임금님은 늘 불편했단다. 그래서 무리한 명령을 내리고, 명령을 수행하기 힘들다는 이순신 장군에게 명령을 어겼다는 꼬투리를 잡아 잡아간 거란다.

예인 이런 나쁜…

아이들은 이야기에 빠져들고 아이들과 할아버지를 남기고 무대는 다시 전쟁터가 되고, 다친 병사들로 가득해진다.

할아버지 이순신 장군이 멀리 한양에서 옥에 갇혀 벌을 받고 있을 때, 뒤이어 통제사가 된 사람은 원균이라는 장수였단다. 하지만 이순신을 잃고 사기가 떨어진 수군과 그다지 훌륭하지 못했던 장군 원균은 무리하게 전투에 나섰다가 처음으로 엄청난 패배를 하게 되었지. 원균은 그대로 달아나버렸다. 몇 백 척이나 되는 배가 모두 부서지고, 엄청난 병사들이 죽거나 다쳤단다. 지금까지 임진왜란에서 한 번도 진 적이 없었던 조선의 수군은 이 한 번의 패배로 거의 모든 것을 잃게 되었지. 그야말로 처절한 패배였다.

다친 수군들을 백성들이 치료하고 있다.
신음소리 높아간다.

할아버지 이순신 장군은 관직과 벼슬을 모두 잃었지만 조선의 수군으로서 전장으로 돌아오고 있었단다. 한양에서 부랴부랴 이곳에 도착했을 때는 이미 조선의 수군은 다치고 무너졌고, 배는 오직 12척만이 남아있을 뿐이었단다.

다친 병사들이 할아버지를 향해 다가와 무릎을 꿇으며 눈물을 흘린다.
아이들은 점차 멀어진다.

수군1 장군, 장군!
수군2 지키지 못했습니다. 패배하고 말았습니다.
수군3 죄송합니다. 장군!

할아버지는 다친 병사의 손을 잡고 일으키며 눈물을 흘린다.

멀리 아이들이 하나씩 또 다른 이순신이 되어간다.

원태가 먼저 앞을 향해 말한다.

선주 임금님과 신하들은 더럭 겁이 났어.

예인 벌을 받고 있는 이순신을 부랴부랴 다시 삼도수군통제사로 임명
했지.

원태 이순신 장군님은 고민했어.

재현 이대로 다시 전투가 시작되면 어떡하지?

큰북 소리가 들려온다.

둥! 둥! 둥!

건영 적이다! 왜군이다!

원태 300척이 넘는 왜군이 쳐 들어온다!

재현 어떡하지? 우리는 배가 고작 12척뿐이야.

song 6) 하늘이시여

어떻게 해야 할까?

저 검은 바다 너머 왜구 300척

포기할까? 도망칠까? 두려운 마음

어떻게 해야 할까?

지금 여기 찰박이는 아군 12척

외면할까 돌아설까 나약한 마음

다친 병사들과 지친 백성들

나라는 나를 버렸으나
나는 백성을 버릴 수 없으니
하늘이시여 제게 용기를 주소서
두려움을 잊고 일어설 용기를 주소서

아이들은 각자 또 다른 작은 이순신이 되어 앞을 향해 외친다.

건영	신에게는 아직 12척의 배가 남아있나이다!
선주	한 사람이 길목을 잘 지키면 천명의 적도 두렵게 할 수 있으니 목숨을 걸고 싸워라!
원태	살려고 하면 죽을 것이오! 죽기를 각오하면 살 것이다!
예인	여기 이 원수를 무찌른다면 나는 오늘 죽어도 여한이 없으리라!
재현	일어서라 조선 수군이여 나를 따르라!
이순신	나는 조선수군의 장군 이순신이다! 출병이다!

유인하라! 물살이 빠른 저 길목으로
진격하라! 적의 한가운데 빛보다 빠르게
휘저어라! 혼돈에 휩쓸린 적의 배들을
공격하라! 모든 화포와 화살들로
승리하라! 결국은 이길 것이다 나를 따르라!

아이들과 병사들 백성들은 모두 힘을 합쳐 진을 만들고 필사적으로 싸운다.
마치 모두가 이순신인 듯 용맹하게 싸운다.
엄청난 폭음과 파도가 몰아치다 마침내 조용해진다.
병사들은 지쳐 휘청댄다.

원태   적이 물러갑니다!

재현   적이 물러간다!

예인   이겼다!

선주   우리가 이겼다

건영   이겼다!

승리의 함성이 뒤덮는다.
이순신 장군의 목소리가 왜구의 뒤를 겨냥한다.

이순신   한 놈도 살려두지 마라! 도망가는 왜적의 배를 끝까지 추적하여
다시는 조선을 침략할 수 없도록 하라!

다시 북이 울린다.

추격하라! 도망치는 마지막 배를
진격하라! 적의 한가운데 빛보다 빠르게
휘저어라! 혼돈에 휩쓸린 적의 배들을
공격하라! 모든 화포와 화살들로
승리하라! 결국은 이길 것이다 나를 따르라!

갑자기 탕! 명쾌한 총소리 나며 모든 소리가 일시에 사라진다.
주변은 느리게 움직인다.
건영은 총알의 궤적이 보인다.
총알은 그대로 날아가 이순신 장군의 가슴을 뚫는다.

건영   장군님!

이순신 장군은 천천히 쓰러진다.

건영   장군님 안돼요! 장군님!

건영은 천천히 쓰러지는 이순신 장군의 몸을 부축한다.
건영은 피가 샘솟는 장군의 상처를 누른다.
이순신 장군은 의연하게 건영의 손을 잡으며 말한다.

이순신   나의 죽음을 적들에게 알리지 말거라. 아직 전투가 끝나지 않았
다. 내가 쓰러진 걸 안다면 아군은 사기가 떨어질 것이고, 적군은
용기를 얻을 것이다. 나는 이미 적들을 물리친다면 오늘 죽어도
여한이 없다 하늘에 고했다.

이순신 장군은 주변을 둘러본다. 건영도 따라 둘러본다.
주위엔 소리도 없이 목숨을 걸고 전투를 치르는 병사들의 모습이 느리
게 흘러간다.

이순신   오늘을 잊지 말거라. 나라와 백성을 위해 목숨을 바친 수많은 사
람들이 여기 있었다는 걸 잊지 말아다오. 나는 늘 이곳에 있겠다.
영원히 훌륭하게 이어져가는 우리나라의 모습을 지켜보며 늘 여
기에, 백성들의 곁에 있을 것이다.

이순신 장군의 목숨이 꺼져가듯 무대는 점점 어두워진다.
다시 전쟁터의 소리가 높아지면서 장군님을 부르며 오열하는 건영의 목
소리 섞인다.
무대 완전히 어두워지면 전쟁터의 소음 사라지고 흐느끼는 건영의 소리
만 높아진다.

5장. 다시 세병관

잠꼬대처럼 흐느끼는 건영의 소리에 아이들의 깔깔대는 웃음소리 섞이면서 무대 환해진다.

세병관 안에서 옹기종기 모여 선생님의 설명을 듣던 아이들 틈에서 재현이의 무릎에 기대 잠들어 있던 건영이 울며 깨어난다.

건영은 어리둥절하다.

건영   장군님, 안돼요! 이순신 장군님!

선생님   야, 정건영! 핸드폰 뺏으니까 이제 졸기까지 하고 잠꼬대까지 해.

재현   선생님 건영이는 조는 게 아니라 아주 한밤중처럼 잤어요.

선주   야! 무슨 잠꼬대를 장군님 안돼요! 안돼요! 하면서 그렇게 심하게 하냐?

원태   귀신 나오는 무서운 꿈 꿨냐?

건영   그러니까… 이순신 장군… 그게… 거북선에 타고, 총에 맞아가지고…

아이들   뭐?

건영   야 니들 왜 모른 척 해? 같이 갔잖아.

예인   무슨 소리야?

선주   너 아직 잠 덜 깼냐?

건영   그러니까 여기가 통제영…

선생님   그래 여긴 세병관이지.

건영   그러니까 저쪽에 12공방이 있고 반대쪽에 통제사 집무실… 아, 운주당이랑…

선생님   이야~ 꿈속에서 건영이가 예습을 다 했네. 그래도 잔 건 잔 거니까. 저쪽 가서 무릎 꿇고 손들고 있어!

아이들이 다시 깔깔대며 웃는다.

선생님   자, 나머지는 앉고 세병관에 대한 설명마저 듣고 이동하자. 그렇게 전투를 치르거나 훈련을 마친 병사들은 병장기, 즉 무기들에 쌓인 피와 먼지를 씻어내고 이곳에서 심신의 안정을 찾고 몸가짐을 단정히 하라 해서 이곳의 이름이 씻는다는 의미의 '세' 병장기를 뜻하는 '병' 세병관 이라 한다. 이곳에서는 조회나 연회를 베풀기도 하고, 회의나…

선생님의 목소리를 경청하는 아이들 뒤로 건영은 홀로 멍하니 고개를 갸웃한다.
정신을 차리려는데 아직 건영의 손에 뭔가가 쥐어져있는 걸 느낀다.
주먹을 천천히 내밀어 펴는 건영.
천천히 벌어지는 건영의 손과 함께 주위로 전쟁터의 소리 조금씩 커진다.
손바닥을 보고 깜짝 놀라 주먹을 쥐는 건영.
소리 일시에 사라진다.
다시 천천히 손을 펴보는 건영.
주위로 전쟁터의 소리들이 조금씩 다시 커진다.
건영의 손 안에는 이순신 장군이 맞았던 최후의 총알이 들어 있었다.
건영이 총알을 들어 올린다.

건영   최후의 총알.
선생님   자, 자. 그럼 다들 일어나. 그럼 다음 장소인 12공방으로 이동하자. 오늘은 발 만드는 체험을 할 거야.

아이들   와아아.

선생님과 아이들이 몰려나간다. 건영은 가려다 말고 홀로 남아 손 안의
총알을 바라본다.
청소부 할아버지가 빗자루를 들고 다가온다.
건영이 할아버지를 쳐다본다. 손을 내밀며 빙그레 웃는다.

건영   세 번째 보물이에요… 할아버지! 아! 이순신 장군님.

할아버지도 마주보며 빙그레 웃어준다.

할아버지 세 가지 보물을 다 찾았구나.
건영   세 가지 보물을 다 돌려드리게 되어서 기뻐요.
할아버지 이건 내 것이 아니다.

할아버지는 총알을 작은 비단주머니에 넣더니 앞서 찾은 두 보물과 함
께 보자기에 싸고는 건영에게 돌려준다.

할아버지 이건 다 너의 보물이다.
건영   네?
할아버지 내가 부탁한 말 잊지 않았겠지?
건영   기억하라고… 나라와 백성을 지키려 목숨을 바친 수많은 사람들
         의 영혼을 잊지 말아달라고…
할아버지 그래 착하구나. 그래서 주는 선물이란다. 과거의 유물들은 그대로
         잊혀지면 고물이 되지. 잊지 말고 기억해주면 그건 지금의 보물이
         된단다.

건영은 고개를 끄덕인다.

할아버지 거기에 담긴 의미들도 모두 함께 기억해다오.

건영 네, 장군님… 약속을 지키셨네요.

할아버지 ?

건영 여전히 가까운 곳에서 백성들을 살피려 이곳에, 우리 곁에 계시잖아요. 고맙습니다.

둘은 마주보고 빙그레 웃는다.

멀리서 바람소리와 파도소리 들려온다.

할아버지 바닷바람이 시원하구나~

두 사람은 바람을 향해 크게 숨 쉰다.

song 7) 통제영의 바람

음악 시작되면 아이들과 병사들, 모든 등장인물들이 세병관의 기둥 사이로 하나둘씩 모여들어 함께 바람을 맞는다.

바람이 불어온다. 통영 앞바다
수많은 역사가 불어나는 통제영의 바람
바람이 숨을 쉰다. 통영 앞바다
수많은 영혼이 숨 쉬는 통제영의 바람
바람은 아이를 키우고 청년을 꿈꾸게 해
나라를 지키고 예술을 빚는다.

바람이 불어온다. 통영 앞바다
수많은 역사를 지켜낸 이순신의 바람
바람이 숨을 쉰다. 통영 앞바다
단 하나 영혼이 꿈꾸는 이순신의 바람
바람은 장군을 키우고 영웅을 꿈꾸게 해
지금을 지키고 미래를 빚는다.

바람 같은 아이들이 이순신의 마음으로 자라
장군은 영원히 살아남으리라
모두의 가슴속에 살아 숨 쉬리라
과거의 영웅으로 지지 않고
영원히 우리와 함께 살아 숨 쉬리라
그리하여 끝내 영원하리라
성웅 이순신 위대한 영웅
성웅 이순신 위대한 영웅

막.

통영 콘텐츠 희곡작품집

초판 1쇄 인쇄일   2018년 7월 2일
초판 1쇄 발행일   2018년 7월 9일

지 은 이   백하룡/이선희/극단모도 공동창작/김선율/전혜윤
            통영연극예술축제위원회
만 든 이   이정옥
만 든 곳   평민사
            서울시 은평구 수색로 340, 202호
            전화: (02) 375-8571(代)
            팩스: (02) 375-8573
            http://blog.naver.com/pyung1976
            이메일 pyung1976@naver.com

등록번호   제251-2015-000102호

  ISBN   978-89-7115-656-8   03800 (2권)
            978-89-7115-657-5   03800 (set)

 정 가   13,500원